幽霊認証局

赤川次郎

文藝春秋

目次

装画　峰岸達
装丁　野中深雪

連作長篇

幽霊認証局

隣の芝生が枯れたとき

1　充たされた生活

隣の芝生が枯れたとき

「お宅はいいわね」

いつもそう言われるのも、結構気の重いものである。

そう言われて、どう答えたものか、難しい。

「ええ、羨《うらや》ましいでしょ？」

などと言うわけにもいかないし、といって、

「ちっとも良くないわよ」

などと言おうものなら、謙遜《けんそん》と取ってくれるより、

「あら、どこが良くないっておっしゃるの？」

と訊き返される可能性の方がずっと高い。

いや、口に出してそう言わずとも、

「内心、他の人を見下してるんだわ、この奥さん」

と考えているに違いない。

だから、尾形美智代《おがたみちよ》はいつも、

「ええ、まあ……」

と、言葉をにごして、何か他の話題を持ち出すことにしていた。

そういうときには、「それはそうと」とか「そういえば」という言い回しが便利だと承知していたのである。

これなら、まるで別の話題に移っても、あまり唐突な印象を与えずにすむ。

この日——そろそろ秋の風がひんやりと感じられる十月の半ば、尾形美智代はいつも通り、ランチを一緒にした他の奥さんたちから、

「お宅はいいわね」

と、二度も言われて、「ええ、まあ……」で切り抜けた後、

「じゃ、また……」

と、会釈《えしやく》してレストランを出たのだった。

「本当にね……」

歩き出すと、つい口に出る。「私には何の苦労もないような言い方……。何も知らないくせに。そうよ……」

もし、ついさっきまで一緒だった奥さんたちがこれを聞いたら、それこそ、

「じゃ、どんな苦労があるのか、教えて下さらない？」

と言われそうだ。

苦労？　いくらだってあるわよ。夫はほとんど毎晩のように飲んで帰ってくるし、息子の紳一《しんいち》は、

「スポーツカー、買ってよ」

と、うるさいし、娘の亜美《あみ》は、やたらとネットで勝手に服を買い込んでいるし……。

それに、お手伝いの子——笹井《ささい》安奈《あんな》といったかしら。二十一歳という若い子だが、料理の味つけが辛《から》くて、体に悪そうなので、いつも注意しているのだが……。

まあ、こうして並べてみても、客観的にみて、「苦労」と言えるかどうか……。

いや、美智代としては「苦労している」つもりなのだ。しかし——。

夫、尾形久男《ひさお》は今、〈S商事〉の営業部長だ。五十一歳で、激務ではあるが、何しろ父親が社長で、久男も来年には取締役になると決っている。

紳一は二十歳のT大生。最難関と言われる大学に現役で合格して、「スポーツカー」はそのごほうび、というわけだ。

たぶん、この暮れまでには、ガレージに納まることになるだろう。

亜美は名門女子校の高校二年生の十七歳。ちょっと生意気になって、

「今度の年末年始は、スキー場で」

と、友人たちと約束しているらしい。

それもオーストリア！

「全く……。親の心配も知らないで……」

尾形美智代は、自宅の前でタクシーを降りると、立派な門構えの屋敷の中へと入って行った。

そう。門から玄関までの砂利道が歩きにくいこと。これも美智代の苦労の一つだった……。

灰色の暗い雲は、雪が落ちて来てもふしぎはない気配だった。

川に沿って作られた遊歩道も、この寒さではジョギングする人も少なく、閑散としていた。

ただ一か所、私のいるベンチのそばを除いては。

ベンチの周辺には、私の他、鑑識の人間などが何人もやって来ていた。

そして、あと一人、ベンチに横たわって、すでに命の絶えた女性……。

「――どうしてこんな所に来てたのかしらね」

と言ったのは、永井《ながい》夕子《ゆうこ》である。

私、宇野喬一《うのきょういち》とは恋人同士の女子大生。

私がこんな殺人現場にいるのは、警視庁捜査一課の警部として当然のことだが、夕子までここにいるのは、部下の原田《はらだ》が私のケータイに「女の他殺死体が発見されました」と連絡して来たとき、私と夕子がちょうどデートでランチを一緒に取っている最中だったからである。

そして――もちろん、こういう現場を見るのが大好きという夕子の性格もあった……。

「何か用があったんだろ」

と、私は当り前のことを言った。

「それにしても……」

と、夕子は周囲を見回して、「こういう人が用のありそうな場所に思えないけど」

確かに、川に沿って作られた遊歩道の奥は、公園があって、その向うはマンション群である。

「ショッピングでもないし、こんなベンチでデートっていっても、こんな寒い所じゃね」

と、夕子は言った。

「あ、夕子さん、どうも」

原田刑事が巨体を揺らしてやって来た。「いつも宇野さんとのデートの邪魔して、すみませんね」

「いいのよ」

と、夕子は首を振って、「発見したのは?」

「この奥の公園の管理事務所に勤めている人です。もう七十過ぎの男性で、公園の中のゴミ箱を回って、ゴミを回収する仕事をしているんです」

「ここは公園の一部なのか」

と、私は言った。

「区切られてはいますが、区の土地なんだそうです。それで、この遊歩道のゴミ箱を見に来て、このベンチを見たということで……」

ベンチに横たわっていたその女性は、見たところ四十代か五十前後。きちんとスーツを着ていた。衣服の乱れはない。

体は横向きで、ベンチの背もたれの方へ顔を向けていた。そして――スーツの背中には黒々と血が広がっていた。

「刃物で刺してるな」

と、私は言った。

スーツの布地に、よく見ないと分らないが、薄い刃を突き刺したような跡がある。

ベンチの裏側にバッグが落ちていた。

「この人のね」

と、夕子が言った。「ちゃんと色が合ってる。ブランド品だし、そのスーツもね」

「うん、高級品だな」

「物盗りですかね」

と、原田が言ったのは、バッグの中身が散乱していたからだ。

「どうかしら」

と、夕子はしばらく眺めていたが、「この赤いのが札入れよ。中も入ってるようだわ」

手袋をした手で取り上げてみると、一万円札が十数枚入っている。

「そうだな。強盗殺人じゃなさそうだ」

と、私は言った。

「でも、バッグの中身をぶちまけてるってことは、何かを捜してたのね」

夕子は首をかしげて、「ケータイもあるし、化粧品も、ハンカチ、ティッシュも……」

犯人は何を持って行ったのだろう？

ともかく、身許《みもと》を調べるには、ケータイがある。

「——これかな？　〈水神浩司《みずかみこうじ》〉と〈太一郎《たいちろう》〉って並んでる」

「ご主人と息子？」

「かけてみよう」

〈水神浩司〉の番号へ発信すると、ややあって、

「おい、どこをふらついてるんだ？」

と、不機嫌な声が聞こえて来た。

「——もしもし！」

私は咳払いして、

「失礼ですが、これは奥様のケータイでしょうか？」

と言った。

「——どなたです？　ああ、もしかして、家内が落としたケータイを拾われたと？」

そう考えるのが普通だろう。

「実は、私、警察の者でして」

と言うと、

「え？」

と、一瞬絶句して、「あの……家内は何をやったんでしょう？」

と、上ずった声で言った。

「いや、そういうことじゃないんです。ご主人ですね。今、どちらに？」

「自宅です。病院から戻ったところで」

「出て来られますか？　実は奥様が……」

こういうときは気が重い。しかし、なかなか本気にできないのが普通である。

「――死んだ？」

私の説明に、夫が驚くよりも呆然《ぼうぜん》として、ショックを受ける余裕もないことは予想されたことだった。

「――では、こちらへおいでいただけますね。お待ちしています。よろしく」

通話を切ってホッと息をつくと、そばでやり取りを聞いていた夕子が、

「身許が分って良かったわね」

と言った。

「まあ、旦那の話を聞いてからだな。そろそろ検視官も来るだろう」

「でも……」

「何だ?」

「あなたが『警察です』って言ったとき、ご主人が、『家内は何をやったんでしょう』って言ったわね。普通、自分の奥さんのことなら、何か被害にあったと思うんじゃない?」

「うん……。まあ、確かに」

「しかも、あなたが奥さんのケータイでかけて来たっていうだけでしょ。——何か、トラブルに係《かかわ》っていたということでしょうね、きっと」

それも、夫の水神浩司がやって来ればはっきりするだろう、と私は楽観的に考えていたのだったが……。

2 投げる

「まあ! 水神さんが?」

話を聞いて、尾形美智代は大きく目を見開いた。

「水神治子《はるこ》さん、ご存知ですね」

と、私は念を押した。

「もちろんです！　本当でしょうか？　本当に——殺された、と？」

「間違いありません。刃物で背中を刺されて。今朝、八時か九時ごろの犯行と思われます」

「何てことでしょう……」

と、美智代は首を振って、「一体誰がそんなことを……」

——尾形家は正に「お屋敷」と呼ぶにふさわしい邸宅だった。

私と夕子が通された居間も広々として、ややレトロな洋風の造りだ。

「お待たせしまして」

お手伝いらしい若い娘が、コーヒーを出してくれる。

「どうぞお構いなく」

と、私が言うと、夕子が、そのお手伝いの娘の方へ、

「水神さんのこと、知ってます？」

と、声をかけた。

「は……」

娘は戸惑った様子だったが、美智代から、

「ほら、よくみえてた水神さんの奥さん、あなたも憶《おぼ》えてるでしょ」

と言われると、

「はい、何度かお目にかかって……」

「あの人が殺されたんですって。怖いわね」

「そうですか。とんでもないことで……」

「ねえ、本当に。行っていいわよ、安奈ちゃん」

お手伝いの娘は笹井安奈といって、見たところ十八、九かと思えたが、実際は二十一歳ということだった。

「それでですね」

と、私は話を戻して、「殺された水神治子さんのケータイを見ると、最後に発信したのが、こちらのようでしたので、こうして伺ったんです」

「私のケータイに？　――ああ、そういえば……」

「発信が朝の六時半ごろになっているのですが、間違いありませんか」

「確かに、朝早くにかかって来ました。まだ寝ていたので、びっくりしましたが」

「それは、どんな用件で？」

と、私が訊くと、美智代はちょっと困ったように、

「それが……よく分らないんです」

と言った。「こちらも起こされて頭がボーッとしていましたし、それに、彼女の方も……。どうも、かけてから、朝早くだったことに気が付いたらしくて、『ごめんなさい。またかけます』――とか何とか、そのような言葉だったと思います」

「なるほど。そんな時間だということにも気付かずに電話して来るのはよほどあわてていたのでしょうかね。何があったのか、お心当りはありませんか」

私の問いに、美智代は初めて迷惑そうな表情を見せた。

「残念ですけど、水神さんとは、ときどきランチをご一緒するグループでのお知り合いというだけで、特別にお互い話をしたこともありませんし……」

と言っていると、

「ただいま」

と、声がして、居間にブレザー姿の女の子が入って来た。

「お帰りなさい」

美智代はそう言うと、「今、お客様だから、部屋へ行ってて」

「うん。――水神さんって、殺されたんだって？　安奈ちゃんに聞いた」

「そんなことを……。あなたには関係ないことでしょ。部屋へ行ってて」

「お嬢さんですね」

と、夕子が言った。「水神さんをご存知でしたか？」

「会ったことはあるけど。――私、亜美。じゃ、失礼します」

さっさと居間を出て行く。

「こんなことを伝えるなんて、安奈にも困ったもんだわ」

と、美智代は少し苛立ったように言った。

――私と夕子は、尾形邸の玄関を出ると、停めておいた車に乗った。

門への砂利道を車で進んでいると、車の屋根に、何か固い物が当る音がした。

「何だ？」

と、車を停めると、夕子が、

「待って」

と、車を降り、すぐ戻って来た。

「どうした？」

「出ましょう、ともかく」

車が外の道へ出ると、夕子は手の中に持っていた物を見せた。

紙にくるんだ四角い物だ。私は車を停めて、「何だい？」

紙を取ると、プラスチックのケースのような物。

「紙の方よ、肝心なのは」

夕子がその紙のしわを伸すと、走り書きの文字が。

「投げ文か？　どうしてまた……」

「二階の窓から投げたんだわ。あの亜美って子からよ」

〈お母さんは水神さんとトラブってました。一時間したら、駅前の〈R〉に。亜美〉

「どうしてわざわざ名のって行ったのかな、って思ったの」

と、夕子は言った。「何か面白い話が聞けそうよ」

「そうだな」

車をまた出して走り出すと、いきなり目の前の脇道から真赤《まつか》なスポーツカーが飛び出して来て、あわててブレーキを踏む。

スポーツカーは横滑りにスリップして停った。危ないところだ。

すると、スポーツカーから若い男が降りて来て、こっちへやって来た。そして、

「おい！　気を付けろ！」

と、怒鳴った。「俺の車に傷でもつけたら修理代は何百万だぞ！」

私も車を降りて、

「そっちの不注意だ」

「何だと?」

「あなた、警視庁の捜査一課に喧嘩を売ってるのよ」

車の中から、夕子が言った。

「何だって?」

ふくれっつらをしたその若者は——。


「表にお兄さんのポルシェが停ってるから、どうしたのかと思ったわ」

コーヒーショップ〈R〉の二階席で、尾形亜美は言った。

隣で不機嫌な顔をしているのは、さっき危うくぶつかりかけたスポーツカーの主、尾形紳一だった。

「お母様のことね」

と、夕子が言った。「水神さんが殺されたことをお話ししたときの、お母様の反応がね」

「そうだな」

と、私は肯《うなず》いて、「もう、ずいぶん同じような場面に出会っているが……」

「あの驚き方。それに『何てことでしょう』というセリフ。まるでドラマの中みたいだったわ。それも、使い古されたセリフ」

「美智代さんは、水神治子さんが殺されたことを知っていたんじゃないか、と思った」

と、私は言った。「いや、もちろん、美智代さんがやったと言ってるわけじゃないよ」

「それは困るよね」

と、亜美がのんびりシェイクを飲みながら、「うちのお母さんも困った人だけど、人を殺す度胸はないと思うな。お兄さんはどう思う？」

「俺は母さんじゃないからな」

と、紳一は肩をすくめて、「母さんがどういう人か、正確には知らない」

「T大生は、すぐそういう言い方をする」

と、亜美は冷やかすように、「お兄さんは彼女のことも『君を正確には理解できない』とか言いながら抱くの？」

「おい、よせよ」

「ところで」

と、私は話を戻して、「美智代さんが水神治子さんとトラブっていた、というのは？」

「夜中に、お母さんがケータイでしゃべってるのを、たまたま起き出してて、聞いちゃったの」

と、亜美は言った。「ほら、あの水神さんとか、同じような年代の奥さんたちが、月に一度、ランチを食べてるのね。その席で、水神さんが『有名な工芸作家の作品』と言って、金のブローチを持って来て、それをお母さんが買ったらしいの。話の様子じゃ、三、四十万したそうよ」

「それで?」

「ところが、それが偽物だったってわけ。お母さんが、その手のことに詳しい知り合いに見せたら、一目で偽物と言われたって。それで、お母さん、怒って電話してたのよ」

「へえ、知らなかったな」

と、紳一が言った。「三、四十万なら、そう文句言わなくてもいいじゃないか」

いや、充分「文句を言いたい」金額だと思うが。

「お金じゃないのよ。お母さんは、水神さんがわざと偽物を売りつけたと思ってたみたい」

そういうことか。——美智代は、あれだけの邸宅の奥様だ。プライドも高いだろう。だから、損をしたことよりも、騙《だま》されたことで、プライドを傷つけられたと言うのが正しいだろう。

しかし、だからといって、美智代が水神治子を殺したとは思えない。

水神治子は、美智代だけでなく、他の人間ともトラブルを起していたかもしれない。

「――貴重な情報をありがとう」

と、私は言った。「ここは僕が払うよ」

「ありがとう」

と、亜美は微笑《ほほえ》んで、「いいわね、こんな若い恋人がいて」

「あなたは？」

と、夕子が訊く。「もてそうね、男の子たちに」

「女子校なんで、一向に」

と、亜美は澄まして言った。「お兄さん、家まで乗せてって」

「安全運転でな」

と、私は紳一に念を押した。

3　男の血

しかし、私の忠告は役に立たなかった。

〈R〉での話の数日後、原田から電話が入ったのだ。

「尾形紳一のポルシェが、軽トラックと出会いがしらにぶつかったそうです」

やれやれ。――私は夕子に連絡して、尾形紳一の入院している病院で待ち合せることにした。

「どんな具合なの？」

M大病院の玄関で待っていた夕子が訊いた。

「そうひどいけがじゃないようだ」

と、私は言って、一緒に病院の中に入って行った。

〈特別病棟〉という矢印について進むと、急に高級ホテルに入ったかのような気がした。ナースステーションの前に、思いがけない顔があった。

「水神さんですね」

と、私は声をかけた。

「はあ……」

「警視庁の宇野です」

「ああ、どうも……」

殺された水神治子の夫だったのである。

「ここにどなたか入院されているんですか？」

と、私が訊くと、

「いえ……あの……」

と、水神浩司は口ごもっている。

すると、看護師が、

「水神さん。お嬢さんは第二病棟の外科においでですよ」

と、言った。

「それはどうも」

と、水神は礼を言って、「では失礼します」

と、そそくさと行ってしまおうとした。

すると、ちょうどエレベーターの扉が開いて、太ったスーツ姿の男が不機嫌そうな顔で出て来た。

水神がなぜかハッとした様子で足を止めた。

「――尾形さん、どうも」

と、水神はおどおどした口調で、「本当に申し訳ありませんでした」

「あんたか」

これが尾形か。紳一の父親なのだ。

しかし、なぜ水神が尾形に謝っているのだろう？

車が事故を起して、息子が入院しているので、尾形がやって来るのは分る。しかし、なぜ水神が――。

「息子は幸い大したけがではなかったようだ」

と、尾形は言った。

「私もそう伺って、安心しました。全く……」

と、水神は言って、「では私はこれで」

と、急いでエレベーターへと向う。

尾形は私たちの方をチラッと見ると、息子の病室へと入って行った。

「――失礼ですが」

と、私は、ナースステーションの看護師に言った。「水神さんの娘さんも入院を？」

「ええ。この特別病棟じゃありませんけどね」

私は身分を明かして、

「尾形紳一さんの事故に、水神さんの娘さんが係ってるんですか？」

と訊いた。

「車で一緒だったんですよ」

「水神さんの娘さんが？」

「水神佳子《よしこ》さんといって、大学生です。車の助手席に乗っていて、事故に」

「けがしたんですか？」

「ええ。尾形さんは額を打ったぐらいで、大したことないんですが、佳子さんは手首を骨折してるんです。本当なら、運転してた男の人が責任取らなきゃね」

ベテランらしい中年の看護師は腹を立てているようだった。

「水神さんが謝ってましたね」

「何でも、仕事の上で、水神さんは尾形さんに頭が上らないようですよ」

「でも、それと事故とは関係ないですよね」

と、夕子が腹立たしげに言った。

「私もそう思いますけどね」

「水神佳子さんの病室は？」

と、私は訊いた。

病室のある棟に入って行くと、水神が廊下へ出て来るのが見えた。

私と夕子は、水神が入院手続きのやり方を看護師に訊いている間に、水神佳子の病室へと入った。もちろん個室ではない。

奥のベッドで寝ているのが水神佳子だろう。母親の葬儀でチラッと見かけただけだ。

「――災難だったね」

と、私が声をかけると、

「ああ。刑事さんですね」

右の手首に包帯が分厚く巻かれている。

「ポルシェが軽トラックとぶつかったと聞いたが、どんな具合だった？」

佳子はちょっとためらって、

「あんまり話すなと……」

「お父さんから言われた？」

と、夕子が訊くと、

「ええ。――父は尾形さんに気をつかってるんで」

「でも、助手席にいたあなたの方が、こんなひどいけがをして」

「だって……もともと、お付合したかったわけじゃ……」

「それじゃ、お父さんの頼みで？」

佳子はため息をついて、

「ドライブと食事だけなんだから、って言われて……。渋々だったんです」

「軽トラックが来るのを、ろくに確かめないで車を出したんだな？」

と、私は言った。

「ええ……。腹を立てて」

「何に腹を立ててたの？」

と、夕子が訊く。

「私に」

「あなたに？　どうして？」

「それは……ちょっと……」

と、口ごもっていると、

「何です、一体？」

水神が戻って来たのだった。

「娘さんの話を聞いてたところです」

「そんなこと、刑事さんと関係ないでしょう」

と、水神は苛々《いらいら》と、「ともかくお引き取り下さい！」

水神は相当動揺している。

私と夕子は、水神佳子の病室を出て、今度は尾形紳一を見舞うことにした。

応接セットまである、広々とした病室で、尾形紳一はベッドに起き上ってTVゲームをやっていた。

「——何だ、あんたか」

と、紳一は私を見て言った。

「運転に注意しろと言ったぞ」

「大した事故じゃないよ」

「あなたはね。でも、一緒だった水神佳子さんは右手首を骨折してるのよ」

と、夕子は言った。「少しは責任を感じてる？」

「俺のせいじゃないよ」

と、紳一が口を尖《とが》らして、「だから、修理代も向うが出すんだし」

「あの車の修理代？　相当なもんだろ」

と、私は言った。「一体、何があったんだ？」

「彼女に訊けよ」

「君に訊いてるんだ」

紳一はうるさそうに、

「あいつが暴れたからさ」

と言った。

「どうして暴れたの？」

と、夕子は言った。「あなた、佳子さんに何かしようとしたのね？　そうでしょ」

「ああ、キスしようとね。だって、一緒にドライブしてるんだぜ。向うだって、それぐらいのことは承知だよ。それなのに——キスしようとしたら、暴れやがって、あいつの手が俺の顔に当ったんだ。頭に来てさ、こうなったら、どこか人のいない所へ連れてって、思い切りやっつけてやろうと思って、車を出したら——トラックとぶつかっちまった」

「そんな……。そのまま行ったら、あなた、犯罪者になるところよ」

と、夕子は怒りをこめて、「ぶつかったトラックに感謝するのね」

「大体、そんなことで車をぶつけて、どうして修理代を水神さんに出させるんだ？」

と、私は言った。「むしろ彼女から訴えられても仕方ないぞ」

紳一はちょっと笑うと、

「修理代のことは向うが言い出したんだ。うちの親父に散々世話になってるんだから、構やしないのさ」

——廊下へ出ると、夕子は、

「あいつの手首をへし折ってやりたかったわ」

と言った。

「全くだな」

尾形久男が〈S商事〉の大物だということは分っていた。しかし、娘にけがをさせられて、なお、尾形に遠慮しなければならない水神には、どんな事情があったのか……。

「そうか」

と、私は言った。「水神治子が尾形美智代に偽物のブローチを売りつけたことか」

「そうかもしれないけど……」

と、夕子は曖昧《あいまい》に言って、「何か隠れた事情があったような気がするわ」

「たとえば？」

「たとえば……ちょっと可愛いお手伝いさんとか」

と、夕子は言った。

4　枯れた芝生

「すみません、ご迷惑かけて」

と、笹井安奈は言った。

ボストンバッグをさげて、コートをはおった「お手伝いさん」は、居間のソファに寛《くつろ》いでいる美智代の前に立っていた。

「仕方ないわよ、お父様が具合悪いんじゃね」

と、美智代は言った。「向うに着いたら、様子を知らせてちょうだい」

「はい。ちょっと大げさに言って来てるんだと思いますけど」

「ちょうど主人も出張で今週一杯いないし。私たちは適当に何か取るか、出かけて食べるわ」

「よろしくお願いします」

と、安奈は一礼して、居間を出た。

玄関で靴をはいていると、ちょうど亜美が帰って来て、

「ただいま。——あら、安奈ちゃん、旅行?」

「父の具合が良くないので、ちょっと家に帰らせていただきます」

「あら、そうなの。大変ね」

「よろしくお願いします」

「大丈夫よ。お母さんだって、一応は洗濯、掃除くらいできるでしょ」

「亜美さんにもできますよ」

「そうね」

と、亜美は笑って、「私が掃除したら、まず置物や花びんを五つは壊すわね」

「では」

安奈は、尾形邸を出ると、少し広い通りまで歩いて、タクシーを拾った。

そして、タクシーは駅ではなく、都心のホテルへと向った。

夕刻、もう暗くなりかける時刻だった。

ホテルの裏手の宴会用の玄関でタクシーを降りると、

「待ち合せてるので」

と、ホテルの人間に言って、ロビーへ入って行く。

何かのパーティがあるのだろう、忙しく人が出入りしている。

待つほどもなく、ケータイにメールの着信があった。

ルームナンバーだけが送られて来る。

安奈は、宴会場用のエレベーターで、途中階まで上ると、長い廊下を通って、客室用エレベーターに乗り換えた。

部屋のドアをノックすると、すぐに開いて、

「やあ、来たな」

と、尾形久男がワイシャツ姿で立っていた。

「ご出張では？」

と、安奈はわざとらしく言った。

「明日からな。今夜はのんびりできる」

と、尾形は言って、「スイートルームだ。バッグは奥のベッドルームに置いて来い」

「ええ」

安奈はベッドルームへ入ると、クローゼットの中にコートを掛けた。

尾形が背後から安奈の若々しい体を抱きしめた。

「待って。お腹が空いてるんです。何か食べましょう」

と、安奈は尾形の手をほどいて、「奥様が疑っておいででは？」

「分るもんか。それに、あいつは気にしない」

「そうですか？」

安奈はルームサービスで食事を頼むと、「でも、ちょうどあなたの出張と同じ時期になんて。私の家に電話でもすれば、すぐに嘘が分っちゃいますよ」

「あいつはそんなことをしないさ。プライドがあるからな」

と、尾形は言って、「着替えたらどうだ？」

「今はこのままで。食事してからお風呂に入ります。広いんでしょ、こういう部屋のお風呂って」

「ジャグジーが付いてるよ」

「凄い。――明日は何時に？」

「決めてない。夜までに向うに着けばいいんだ」

広いベッドに腰を下ろすと、尾形は安奈の手をつかんで引き寄せた。

「出て来るときに、亜美さんが帰って来ました」

「そうか。あいつも、もう十七だ。妙にさめたところがあるな」

「亜美さんは、たぶん分ってらっしゃるんじゃないですか？」

「そうかもしれん。しかし、あいつはそれを美智代に言ったりしないさ」

尾形は安奈をベッドに寝かせると、キスしようとした。

ドアのチャイムが鳴った。

「いやに早いな」

「出て下さる？」

「ああ」

尾形はリビングの方へ戻って、ドアを開けた。

美智代が立っていた。

「お前——」

美智代は中へ入って来ると、「もう慣れてるんでしょ」

「安奈ちゃんは？　もう服を脱いでるの？」

と、安奈がベッドルームから出て来た。「やっぱりご承知だったんですね」

「奥様」

「当り前でしょ。分らなきゃどうかしてるわ」

美智代は苛々とバッグをテーブルの上に放り出した。

「美智代、よせ。——その辺の夫婦とは違うんだ。お互い分ってるじゃないか」

「違わないわよ！」

と、美智代は言い返した。「みんなが言ってるだけよ。『お宅はいいわね』って。誰も分ってない」

「そう見られていることが、お前にだってプライドになってただろう」

と、尾形は肩をすくめて、「今まで何も言わなかったじゃないか」

「ええ、そうよ」

美智代はソファに力なく腰をおろすと、「あなたが女を作る度に、『こんなにいい暮しをしてるんだもの、これぐらいのことは仕方ない』って自分に言い聞かせて来たわ」

「だったら、どうして今さら――」

「もう芝生は青くないからよ」

「何だって？」

尾形は妻の言葉に面食らった様子だった。

「よく言うでしょ。『隣の芝生は青く見える』って。今までは、少なくとも他人の目にはうちの芝生は青々として見えたでしょ。でももう今は……。芝生は枯れてしまったわ」

「何を言ってるんだ？」

「あなたには分らないのね」

と、美智代はため息をついた。

「俺が何を分ってないと言うんだ！」

と、尾形は苛々と怒鳴った。「〈S商事〉は揺らいじゃいない。尾形家は変らないんだ」

「いずれ分りますよ」

と言ったのは安奈だった。

「安奈、あなたさえ黙っていれば……。あなたを黙らせれば。――そのつもりで、このホテルまでついて来たのよ」

と、美智代は立ち上った。「あなた。この子の口をふさぐのよ。力を貸して」

「一体何の話だ？」

「分らないの？　私が水神治子さんを殺したのよ」

美智代の言葉に、尾形は愕然とした。

「何と言った？」

「そのことを知ってるのは、この安奈だけ。だから、この子の口をふさぐのよ」

「お前……。本当なのか」

尾形がよろけるようにテーブルに手をついた。「どうしてそんなことを……」

ドアが開いた。

私と夕子はスイートルームのドアを開けて中へ入って行った。

「お話はすべて聞きましたよ」

と、私は言った。

「安奈さん、ありがとう」

と、夕子が言った。「彼女のベルトに、マイクが仕込んであるんです」

「安奈……」

「はっきりさせなければ」

と、安奈が言った。「水神さんの奥さんが可哀そうです」

「亜美さんは、美智代さんが水神治子さんに偽物のブローチを売りつけられたと電話で怒っていたと話してくれました」

と、夕子が言った。「でも、紳一さんの車の事故のように、明らかに男の方が悪いのに、水神さんは尾形さんに謝っていた。そんな力関係の中で、治子さんが美智代さんを騙すなんてことがあるでしょうか？　ばれたらどんなことになるか。いえ、むしろ逆に、美智代さんが治子さんに偽物を売りつけたと考える方が理解できます」

「どうしてそんな……」

と、尾形が呆然として言った。

「私の言うことなら、みんなが信用する。その力を試してみたかったの」

と、美智代は言った。「他の奥さんたちは気付かなかった。でも、水神さんは分った。――その話をしているとき、亜美が立ち聞きしているのに気付いた。私は小声で、治子さんに頼んだ。『あなたが騙したってことにして』と。お礼はするから、と言って……」

「でも、そのお礼の代りに、治子さんを殺したんですね」

と、夕子が言った。「どうしてそこまで……」

「弱味を握られたことになる、と気付いて。あの人はずっと私をゆすってくるかもしれない。それに――いくら芝生が枯れても、私があの人に気をつかわなきゃいけないなんて、耐えられなかった」

「美智代……」

「朝早く出て、帰って来たのを、安奈に見られてた。後で安奈には分ったでしょう」

「でも、黙ってるつもりでした」

と、安奈が言った。「私なんて、しょせんお手伝いです。尾形のお宅がどうなろうと関係ありません」

「でも、そのたかがお手伝いに、家の秘密を知られている。そのことも、許せなかったんでしょう?」

と、夕子は言った。

「まあね……。芝生が枯れたら、緑のペンキを塗ればいい……」

と、美智代は言った。「邪魔されたくない恋人同士のようなものよ」

「奥さんの、安奈さんへの態度が、どうにも不自然に見えてたんです」

と、夕子は言った。「それで、安奈さんに話してくれと頼んで力になってもらったんです。たかがお手伝いが、雇い主の運命を握ったわけだから……。これも、枯れた芝生にペンキの類でしょうか」

「私は……。あなた、プライドをね」

「奥さん、行きましょう」

と、私は言った。手錠は使わなかった。

「美智代……。任せろ、弁護士は超一流を頼むからな！」

私は美智代の腕を取って、ドアを開けた。

「お待たせいたしました！」

ボーイの押して来たワゴンには、注文した料理が並んでいた。

失われたハネムーン

1　出会い

「宇野さん！」

と呼ぶ声には、聞き覚えがあった。

「やあ、実吉《さねよし》君か」

私は、かつての部下に、つい微笑《ほほえ》みかけていた。

「ごぶさたして」

と、以前と変らぬ明るい表情を見せて、実吉小夜子《さよこ》は言った。

「旅行かい？」

と訊くのも変なものだろう。

紅葉の名所として知られる、この東北の山並に、観光以外の用でやって来る人間はまずあるまい。

「宇野さんは、まさか殺人事件の捜査じゃないですよね」

「違うよ」

晩秋の風は冷たかった。

バスに乗ってやって来た、山の中腹の展望台。

「そうか」

と、私は思い出して、「君、結婚したんだったな。今は……」

「今でも実吉です」

と、彼女は言った。

「そうなのか」

——東京で、警視庁捜査一課に勤めていた実吉小夜子が辞めたのは、もう五年くらい前になるだろうか。

色々な事務を担当してくれていた彼女が、

「母親の面倒をみるので」

と、辞めて行ったときは、かなりの同僚ががっかりしたものだった。

そして、二、三年して、彼女が「結婚したらしい」という話が、どこからともなく聞こえて来た……。

「宇野さん、お一人なんですか?」

「いや……」

説明する前に、永井夕子がバスから降りてやって来た。

「冷えるわね! パーカー、持って来といて良かった」

と、夕子は言って、「——お知り合い?」

「ああ!」

と、小夜子は目を見開いて、「この方が噂の……」

「永井夕子です」

と、会釈《えしやく》して、「宇野さんの恋人です」

「聞いてます。私、実吉小夜子。以前、捜査一課にいて」

「刑事さんだったんですか?」

「いいえ、雑用係です」

「実吉君は誰か連れが?」

と、私が訊くと、

「いえ、一人旅が好きなんです」

と言って、「それじゃ、お邪魔しました」

と、一人、展望台の手すりの方へと歩いて行った。

「——何だか寂しそうな人ね」

と、夕子が言った。

「そうかい？　僕は別に……」

「もっと話したかったのよ、あなたと」

「そんなこと言ってなかったぜ」

「察しなきゃだめでしょ！」

と、夕子は言った。「私たちのバスにいた？」

「いや、違うバスだろう。いれば気が付くよ」

展望台は、この季節、混雑する。かなり広い駐車スペースがあるが、ほとんど観光バスで埋っている。

そして、さらにマイカーでやって来る人も少なくない。

夕子と二人、紅葉を眺めていると、ちょっと普通でないエンジン音が聞こえて来た。

「——凄い車ね」

と、夕子が言った。

私も、雑誌のグラビアくらいでしか見たことのない、イタリアのスポーツカーである。

降りて来たのは、赤いジャケットの中年男で、まあ、私とそう違わない四十男。

そして、一緒に降りたのは、ぴっちりとしたパンツスーツの女性だった。色白な美人だ。

「二十七、八かしらね」

と、夕子が言った。

女性の方がしっかりと腕を組み、展望台へやって来た。

「風が冷たい！」

と、女性が首をすぼめる。

「しかし、眺めはいいじゃないか」

と、男が言った。

「いいけど……。私、TVで見てれば充分だわ」

と、女性が言った。「早くホテルに入りましょう」

いかにも都会慣れしたタイプの女性だ。

「いいのかい？　君が見たいと言ったんだぜ」

「だって、こんなに寒いって書いてなかったもの」

と、女性が口を尖《とが》らした。

しかし、そのとき、

「徹《とおる》さん？」

と、声がした。

あの実吉小夜子が、そのスポーツカーの男性に向って、真直《まっす》ぐに歩み寄ったのである。

「君……」

男の方は表情をこわばらせて、「どうしてここに……」

「私が訊きたいわ」

小夜子の言葉は冷ややかだった。

「――この人、誰？」

と、連れの女性は男に訊いて、「いきなり失礼よ」

と、小夜子をにらんだ。

「どっちが失礼か、彼に訊いてみるのね」

と、小夜子は言った。

「妙な言いがかりをつけないで。私たちハネムーンの最中なんだから」

「それはどうも。お邪魔したわね」

小夜子はパッと二人に背を向けて、他の観光客の間に紛れてしまった。

「ね、早くホテルに行きましょ」

と、若い女性にせかされて、

「ああ。そうしよう」

二人は、再び独特のエンジン音を響かせて、展望台から消えて行った。

「——何か厄介ごとに巻き込まれなきゃいいけどな」

と、私が心配するのは、充分に理由のあることだった。

「大丈夫でしょ。まさかあの二人と同じホテルってことはないわよ」

と、夕子は言ったが、私の不安は消えなかった。

「——そろそろバスに戻るか」

と、私と夕子がバスの方へ歩いて行くと、

「宇野さん！」

と、声がして、実吉小夜子が小走りにやって来た。

「どうしたんだい？」

と訊くと——小夜子は答える代りに、いきなり私に抱きついて来た。

私は面食らったが、これが恋の告白でないことは明らかだったので、夕子を怒らせる心配はしなかった。いわば、溺れかけた人間が手近な誰かにしがみつくようなものだったのだ。

「実吉君。――落ちつけ。僕で力になれるなら、何でもしよう」

「宇野さん……」

小夜子は涙に濡れた顔を上げると、「――ごめんなさい、取り乱して」

「いいんだ。ただ、もうそろそろバスが出るのでね」

「私、そちらのバスに乗っていい？」

と、小夜子が言った。「お願い。私、怖いの」

「怖いって……」

「自分が怖い。人を殺してしまいそうで」

そう言われると、捜査一課としては……。

「いいじゃないの」

と、夕子が言った。「バス、席がいくつも空いてるわ」

「ありがとう、夕子さん！　私、自分の荷物、取って来るわね！」

小夜子が、観光バスの方へと駆けていく。

「でも――」

と、夕子が言った。「ホテルの部屋があるかしら?」

「仕方ない。何とかなるさ。いざとなれば、警察手帳にものを言わせる」

「もちろん、さっきのスポーツカーの二人と同じホテルってことはないわよね」

と、夕子は言った。「いくら何でも……」

小夜子がボストンバッグを手にやって来るのが見えた。

——途中から乗っても、料金さえちゃんと払えば、バスの方では文句がない。

私たちも、別にこのバスのツアーに入っているわけではなかった。ただ、こういうバスを利用しないと、観光するのが面倒なのである。

「——すみません」

バスの中で、小夜子は言った。

「話はホテルに着いてからね」

と、夕子が微笑んだ。「どうせ、私たちもこのバスはホテルまでなの」

「お二人の邪魔はしませんわ」

と、小夜子は言ったが——。

「見て」

バスがホテルの正面につける。

「予感があったのよね」

夕子は、あのスポーツカーが駐車スペースにあるのを見て、言った……。

2 症状

「あの人の名は甘利《あまり》徹といいます」

と、小夜子は言った。「私より五歳上だから、たぶん、今四十一かな……」

私も夕子も、小夜子の話に口を挟もうとはしなかった。

大きなホテルなので、あの二人と出会うことはないだろう。

夕食は、メインダイニングで取ることにしてあった。

もちろん、テーブルの予約は、「二人」から「三人」になったが。

「相手の女も、分っています。顔を見るのは初めてですけど、中沢江里《なかざわえり》といって、まだ二十代。でも、父親が〈Sショップ〉という通信販売の会社で成功した大金持なんです。あのスポーツカーも……」

「何千万円もしますよね」

と、夕子が言った。

「ええ。もちろん中沢江里のお金——というより、父親にねだって買わせたものでしょう」

小夜子は淡々と、食事はしっかり食べながら言った。「私が捜査一課を辞めるとき、母の面倒をみると言いましたけど、本当は——あの甘利の母親の面倒をみるためだったんです」

「すると、彼と付合ってたんだね」

「ええ。あの一年ほど前から。甘利は母親と二人暮しで、勤めていた会社が倒産して、仕事も失《な》くなっていました。そのとき、母親が倒れて……」

と、小夜子は首を振って、「彼の母親はとてもいい人でしたが、息子のために、何でもやってあげていたので、彼は家のことも、母親の看病も、何一つできなかったんです」

「それをあなたが？」

「寝たきりになった母親をみるには、仕事を辞めるしかありませんでした。でも、甘利はなかなか仕事が続かず、私は、夜になると、バーやスナックで働いていたんです」

「でも、結婚はしてなかったのか」

「とても結婚なんかする余裕はありません。でも、彼のお母さんは私のことを心配して、もういいから、他の男の人を捜しなさい、と言ってくれました」

「息子のことを分ってたんですね」

と、夕子が言うと、

「その通り。――母親が二年ほどして亡くなったころ、甘利はやっと〈Sショップ〉の営業の仕事に就きました。そこで、たまたま社長の娘に一目惚れされたようです」

「でも……」

「彼はそんなこと、ひと言も言わず、私が仕事に出るようになると、突然血を吐いて倒れたんです」

と、小夜子は顔をしかめて、「私はまさかそれがお芝居だなんて、思いもしなくて。――医者の診断書も、中沢江里が作らせたものだったんでしょう。彼は、『君をこれ以上不幸にできない』と呟《つぶや》いて……。あんな名演技のできる人だとは思いませんでした」

「ひどいわ!」

と、夕子が憤然として言った。

「彼は、九州の親戚の所に行くから、と言って、結局私は別れたんです。でも、健康を取り戻したら、また一緒に暮らして、結婚できるようになる、と思ってました。ところが……」

小夜子は肩をすくめて、「全部、嘘だったんです。私、クラシックのコンサートに行ったとき、甘利がパリッとした高級なスーツを着て会場に入って来るのを見てしまったんです。ショックで、そのまま外へ飛び出してしまいました。そして、色々当ってみて分ったんです。甘利が中沢江里と婚約して、〈Sショップ〉の課長に納まっていることが……」

「で、今ハネムーンってわけ？　ひどい奴！」

夕子の方がカッカしている。「ぶん殴ってやればいいのに」

「ありがとう」

と、小夜子はちょっと笑って、「でも、私も一応は警視庁捜査一課にいた人間です。その気はなくても、突き飛ばしただけでも、打ちどころが悪くて死ぬ人もいる、って知ってますから」

「そうだ」

と、私は肯《うなず》いて、「そんな男を傷つけて罪に問われるなんて馬鹿げてる。忘れて、君は他の幸せを見付けるべきだよ」

我ながら、ちょっと気恥ずかしいようなことを言ってしまったが――。

「ねえ、ちょっと」

と、夕子が私をつついた。

「どうした？」

「血を吐いた病人のお出ましよ」

振り向くと、メインダイニングに、あの甘利と中沢江里が手をつないで入って来たところだった。

甘利は、およそ似合わないタキシード姿だった。

「いらっしゃいませ、中沢様」

と、マネージャーが出迎えている。

案内されて、二人は私たちのテーブルのそばを通って行った。

もちろん、甘利は気付いているが、わざと目をそらしている。しかし、中沢江里の方が足を止め、

「あら、また会ったわね」

と、小夜子を見下ろす。「もしかして、私たちについて歩く気？」

「とんでもない。偶然ですわ」

「それならいいけど。──もし私たちにつきまとうようなら、すぐ警察へ届け出ます」

「ご心配なく。もう甘利さんには何の未練もありません」

と、小夜子は言った。

「結構。──それじゃ失礼」

と言って、〈中沢夫妻〉は、奥の仕切られたテーブルへと姿を消した。

「甘利のどこに惚れたんでしょうね、あの女性《ひと》」

と、夕子が首をかしげた。

「心配かけて、ごめんなさい」

と、小夜子は言った。

「いや、話を聞いて、色々分ったので、良かったよ」

と、私は言った。

食後、ロビーを見渡せるラウンジで、私たちはコーヒーを飲んでいた。もちろん、ダイニングでもコーヒーは飲めるが、気分を変えたかったのも事実である。

「とりあえず、今夜は部屋が取れて良かったわ」

と、小夜子が言った。

「明日はどうするんだい？」

「お二人について歩かないから、心配しないで」

と、小夜子は微笑んで言った。「朝起きてから考えます」

すると――ロビーの奥のフロントのカウンターから、

「甘利って人が泊ってるはずです！」

という甲高い女性の声が聞こえて来た。

「今、『甘利』って言った？」

と、小夜子が眉を寄せる。

「そう聞こえたな」

見ると――赤いコートをはおった若い女性が、フロントの男性に、

「ちゃんと返事して！」

と、食ってかかっている。

「いえ、お客様について、お教えすることはできませんので……」

「とぼけないで！　分ってるのよ、甘利がここに泊ってるのは。どこの部屋か教えて！」

私は小夜子に、

「知ってる女性？」

「いいえ。でも、ずいぶん若いわね」

確かに、その女性は二十歳そこそこ、もしかしたら十代かと思えた。

その女性がフロントで粘っていると――。

「見て、出て来た」

と、夕子が言った。

甘利と中沢江里が、ダイニングから出て来たのだ。

ちょうどフロントの男性から見えたので、彼はハッとした。

振り向いたその女性は、

「甘利さん！　待って！」

と、大声で呼ぶと、駆けて行った。

甘利がびっくりして、

「久美《くみ》！　どうしてここに？」

「どうして、じゃないわよ！　訊くのはこっちでしょ」

久美と呼ばれた女性は、甘利の腕をしっかりつかむと、「うまいこと言って逃げようたって、そうはいかないから」

「なあ、待ってくれよ」

甘利も、江里の方を気にしながら、「今はゆっくり話してられないんだ」

「ねえ、何なの、この女の子？」

と、江里が言った。

「いや――僕が〈Sショップ〉に入社する前に、何か月かアルバイトしてた店の店員なん

「もしかして、あなたの奥さん？」

だ。もちろん、何でもなかったんだよ」

「この人、誰？」

と、久美が江里をにらみつけると、「もしかして、あなたの奥さん？」

「もしかしなくてもそうよ」

と、江里は小馬鹿にしたように、「あなたみたいな子供が、私の夫に何の用？」

「お言葉ですけど、私、あなたより先に、この人と結婚の約束をしてるの」

「それはお気の毒ね。私たちはれっきとした夫婦ですから」

「認めない！　私、ちゃんと甘利さんの約束の言葉を録音してあるもの。ここで再生するのは、ちょっとはばかられるけど」

「なあ、久美――」

「ああいうことになったら、結婚してくれるのが当り前でしょ！　あなただってそう言ったじゃないの！」

江里も、さすがにいや気がさしたのか、

「私、先に部屋に戻ってるわ。この子とちゃんと話をつけて」

と言うと、さっさとエレベーターの方へと行ってしまった。

「いいわ」

と、久美が言った。「二人でじっくり話しましょ。ここの部屋を一つ取って。もちろんあなたが払うのよ」

大きなホテルなので、ロビーにも客が行き来する。面白がって足を止める客もあって、甘利はともかく人目を避けたいのだろう。

「分った。部屋を取るから、今は一旦《いったん》そこで待っててくれ」

と、フロントへと向った。

――私たちは、もちろんラウンジからずっと眺めていたのだが、

「一対三？　これですめばいいけどね」

と、夕子が呆《あき》れたように言った。

「こうなると病気ですね」

と、小夜子が言った。「血は吐かないだろうけど」

3　夜は長く

夕子と二人、ツインルームに入って、ゆっくり風呂に浸《つか》って落ちついたのは、もう十二時近かった。

「やれやれ」

私は部屋に用意されていたホテルのシルクのガウンをはおって、ソファで手足を伸した。

「でも、事件が起きたわけじゃないわ」

と、同じガウンをはおった夕子が言った。

「不足そうに言うなよ。起らないでいてくれたらありがたいんだから」

私は苦笑して、「早々にベッドに入ろう。『事件です！』ってドアを叩かれない内に」

と言って、手を伸すと、夕子の手を取った。

すると――ドアをノックする音がしたのである。

「――今の、空耳かな？」

「だといいけどね」

しかし、願いも空《むな》しく、再びノックの音が聞こえた。

「――お休みのところ、申し訳ございません」

ドアを開けると、立っていたのは、スーツ姿で胸に金色の名札を付けたホテルの女性で、

「何か？」

「あの――警視庁捜査一課の宇野警部さんでいらっしゃいますね」

と、その女性は言った。「私、このホテルのコンシェルジュをしております、村井涼子《むらいりょうこ》

と申します」

「そうですか。で、何か……」

「実は内密にご相談したいことがありまして」

村井涼子は三十代半ばくらいだろうか、背筋の真直ぐに伸びた、知的なタイプの女性だった。

「そう言われても……」

と、私は言った。「僕は一応警部ですから、内密の話を伺うのは……。事件性のあることなら、公式に調査しなければなりません」

そう言えば引込むかと思ったのだが、そううまくはいかなかった。

「そのご判断は宇野様にお任せいたします」

と、村井涼子は言った。「ぜひ、一緒においでいただきたいのですが」

「どこへです？」

「南《みなみ》様のお泊りになったお部屋です」

「南さん？　存じあげませんがね」

「南久美様とおっしゃる、若い方です」

「あの『久美さん』だわ」

と、夕子が言った。「お一人で泊ってるんですよね？」

「ええ、それが……」


村井涼子がマスターキーで、〈１８０３〉のドアを開けた。

「シングルルームです」

と、涼子は言った。「シングルはこのフロアしかなくて……」

明りは点《つ》いていた。ベッドと、小さなテーブルだけの部屋だ。

しかし——。

「このお隣の部屋のお客様から、『女の悲鳴らしいのが聞こえた』と、フロントにお電話があり、私がここへ来てみると……」

ベッドは毛布がねじれたように片方に寄っていて、シーツも半ばベッドからはがれたようになっていた。そして枕は床に。

何より——部屋に散っている女の服だ。

赤いコートは椅子の背にかけてあったが、服から下着まで、床やベッドの上に散らかっていた。

私はバスルームを覗いた。

洗面台の化粧品が、タイルの床に落っこちている。バスタブは乾いていた。

「いつごろのことです?」

と、私は訊いた。

「三十分くらい前です」

私も夕子も、ガウンのままで出てくるわけにもいかず、ちゃんと身仕度をして来たので、それに十分ほどかかっている。

「久美さんって子が、着替えを持ってたんでない限り、彼女は裸でどこかへ行ったことになるわね」

「そうだな」

バッグはテーブルの下に落ちていた。拾ってみると、

「――ケータイはないな」

「お持ちだったと思います」

と、涼子は言った。「フロントで必ず番号を伺いますから」

「どうする?」

と、夕子が言った。

「困ったな……」

確かに、何らかの事件が起ったという可能性はある。しかし、死体があるわけでもなく、血痕も見当らない。

「だが、万が一ということがある。放っておくわけには……」

私は涼子へ、「中沢さんの部屋は？」

「中沢様ご夫妻ですか？」

フロントにも〈中沢〉の名でチェックインしている。ハネムーンというのだから、結婚したのだろうが、妻の〈中沢〉姓を名のることにしたのだろう。

「夫の甘利徹さんがこの久美という人を知っていたようですからね」

と、私が言うと、

「ですが……中沢様は、このホテルで一番高級なスイートルームにお泊りです。『ハネムーンだから、明日起きるまで、絶対に邪魔するな』と言われています」

「それは分るが……。もし、ここの部屋の南久美さんの身に何かあったとしたら……」

「でも……私どもとしましては……」

涼子が口ごもる。ためらうのも無理はない。

「――仕方ないわね」

と、夕子が言った。「宇野さんが中沢さんに連絡しますから、ホテルの方に苦情が行かないように」

「おい……」

私はため息をついたが、確かに、いくら腹が立っても、刑事に向って怒るなら、ホテル側は叱られなくてすむ。

「じゃ、中沢さんの部屋へ電話してみよう。何号室ですか？」

「はあ……、〈３００１〉です。三十階の一番広いお部屋で……」

涼子は気が気でない様子だ。

私は、南久美の部屋の電話で、〈３００１〉へかけようと、受話器を上げた。

「待って」

と、夕子が言った。「私のケータイに――、小夜子さんだわ」

「実吉君から？」

「もしもし。――もしもし？」

夕子は眉をひそめて、「切れちゃった。何だか――呻《うめ》き声みたいなのが聞こえたけど」

「まさか……」

「実吉小夜子さんの部屋は？」

「はあ――。ちょっとお待ちを」

と、涼子は調べて、「〈２５１３〉です」

「行ってみましょ」

と、夕子が言った。

私たちは二十五階へと急いだ。

〈２５１３〉のドアをノックしても返事はなかった。涼子がマスターキーで開けると、私と夕子は中へ入った。

明りを点ける。――ツインルームで、一方のベッドは寝たあとがあった。

しかし――実吉小夜子の姿はなく、バスルームにもいない。

そして、床には、バッグが落ちていて、中身が散らばり、靴が離れて転っていた。

「靴があるってことは……」

と、私は言った。「誰かに連れ出されたのか……」

「かつぎ出された？　それって誘拐じゃないの」

「まさかとは思うが……」

こうなったら、遠慮している場合ではない。

「〈３００１〉へ、直接行ってみよう」

と、私は言った。

4　眠りより覚める

実吉小夜子の身に、万一のことでもあったら……。

そう思うと、少々文句を言われようと構やしない、という気になる。

私は、〈3001〉のチャイムを、ためらうことなく鳴らした。それも、たて続けに二度、三度。

ややあって、ドアが開くと、

「何だ、一体？」

と、憮然《ぶぜん》とした甘利がパジャマ姿で立っていた。

「ちょっとお訊きしたいことがありましてね」

と、私は言った。

「失礼な！　こんな深夜に、何だというんだ？」

甘利は、私の後ろに立っている村井涼子を見ると、「おい！　中沢家がこのホテルにとって、どんなに大事な客か、分ってるのか！」

と怒鳴った。

「ともかく、中へ入れて下さい」

と、私は言った。

「冗談じゃない！　一体何の権利があって――」

「姿を消した二人の女性の安全を確かめる権利ですよ」

「何だと？」

私は甘利を押しのけて中へ入った。

さすがに、最高級のスイートルームだけのことはある。入ると、広いリビングルームで、奥のドアの向うがベッドルームだろう。

「江里さんは？」

と、私は訊いた。

「彼女は眠ってる。――いつも睡眠薬をのんで眠るんだ」

「なるほど。このホテルに泊っている、あなたのかつての恋人、実吉小夜子と南久美の二人が、まともでない状況で姿を消していましてね」

「そんな……、そんなことは知らない！　もうとっくに終った話だ！」

「少なくとも、南久美さんはそう思っていなかったようですが。ロビーでの騒ぎを見ましたよ」

「ああ……。何しろ若い子だからね。カッとなって、あんなことを……。部屋を取ってやって、ちゃんと話をしたんだ。久美は納得してた」

「でも、あの人と関係があったのは事実なんですね？」

と、夕子が訊いた。

「それはまあ……。あの子だって、もう二十歳だ。大人同士で、そういうことがあっても犯罪にゃならないだろ」

と、甘利は渋い顔で言った。

「しかし、実吉君を騙《だま》しましたね」

「それこそ彼女はいい年齢《とし》をした大人の女だぜ。男女の仲にいちいち口を挟まないでくれ」

「しかし、かつての同僚としては、放っておけないのでね」

「刑事？　じゃ、これが不法侵入だってことぐらい分ってるんだろうな」

と、甘利が強気になった様子で言った。

すると、夕子が、

「ね、カーペットを見て」

と、真下に目をやって、「濡れた足跡だわ」

なるほど、ドアから入った辺りのカーペットに、濡れた跡がある。

「今、外は雨ね」

と、夕子が言った。「雨の中、出て行ったんですか?」

「とんでもない! 僕は奥で眠ってたよ」

「調べさせていただきましょ」

夕子がスタスタと奥のドアへと向う。甘利はあわてて、

「おい! 何するんだ! そこはベッドルームだぞ!」

「私は民間人なので、クビにもなりませんから」

夕子はドアを開けた。

「おい、待て!」

甘利があわてて追いかける。

ベッドルームはさらに広く、ダブルベッドと言ってもいい大きなベッドが二つ並んでいた。

その一方で、江里がぐっすり寝入っている様子だ。

「やめてくれ!」

と、甘利が声を殺して、「彼女にこんなことが知れたら、何と言われるか——」

「じゃ、静かにしてて下さい」

夕子がクローゼットを開ける。「——見て」

と、クローゼットの奥の方に置かれた靴を見せて、

「濡れてるわ。靴底が汚れてる。それに——このコート」

男ものコートを手に取ると、「まだ湿ってる。雨の中へ出て行ったのね」

「違う！　そんなことは——」

「バスルームを調べましょ」

夕子は、ベッドルームのさらに奥のドアを開けた。

「広いわね！　さすがスイートルーム」

「勝手なことを——」

甘利は怒っていたが、江里が目を覚ますことが怖いのだろう、大きな声を出して騒ぎにしたくないようだった。

夕子はバスタブの中を覗いて、

「まだ乾いてないわ」

と言うと、シャワーのノズルに手を当てて、

「まだ温かい。お湯を使って、そんなにたってないわ」

「馬鹿言うな！　もう何時間も前に入ったきりだ」

「村井さん」

と、私は村井涼子へ言った。「監視カメラの映像は見られますか？」

「さあ……。私の一存では……」

「それはそうよ」

と、夕子が言った。「ちゃんと手続きを取ってからでないと」

「――何だって言うんだ？」

と、甘利が手を振り回して、「俺が何をしたって？　久美も小夜子も、ただの遊び相手だ。もともと本気で付合ったわけじゃないんだ。今さら……」

「ひどいことを言うんですね」

と、夕子は言った。「もしかして、江里さんのことも？」

「彼女は俺の女房だぞ。ちゃんと結婚したんだ。俺には重役の椅子が約束されてる」

強がってはいるが、甘利の表情からは不安の色が消えていない。

「――どうやら、まだ心配の種が残ってるようですな」

と、私は言った。

「何のことだ」

「つまり、江里さんとはまだ入籍していない。違いますか？」

「大きなお世話だ」

図星だったのだろう。甘利は目をそらして、

「ともかく、出て行ってくれ！　訴えるぞ！」

「何もしていなければ、そんなにうろたえることもないでしょう」

と、私は言った。「できれば江里さんのお話も伺いたい」

「そんなこと、させるもんか！」

と、甘利はカッとなって、「俺が何かやったというのなら、証拠を持って来い」

「つまり、今夜はずっとこの部屋にいたと言うんですね？」

「もちろんだ！」

と、甘利は言ったが、そのとき――。

「ずっとはいなかったでしょ」

誰もが、しばらく黙って、ベッドに起き上っている江里を見ていた。

口を開いたのは甘利だった。

「江里！　目が覚めちまったんだね。入れないようにしようとしたんだけど、こいつらが強引に――」

「今、『ずっとはいなかった』っておっしゃったんですか？」

と、夕子が言った。

「ええ。この人、こっそり出て行きました」

と、江里が言ったので、甘利は焦《あせ》って、

「何言ってるんだ？　君は薬で眠ってたんじゃないか」

「いいえ」

と、江里は首を振った。

「いいえ、って……。どういう意味だい？」

「私、今夜は薬をのまなかったの」

「いや……。確かにのんでたよ。僕は見たよ」

「ビタミン剤をね。あなたが、あの久美って子をどうするのかと思って、眠ったふりをしてたの」

「何だって？」

甘利は唖然《あぜん》とした。

「私、迷ってたの。そりゃあ、あなたに惚れたのは確かだけど、少し冷静になると、あなたの気持が信じられなくなって来て……」

「ねえ、お願いだ！　あんな女たちの言うことなんか信じないでくれ。僕らはちゃんと結婚式も挙げたんだよ」

「分ってるけど、そちらの刑事さんの言う通りなら――」

「違う！　それは……確かに、もう一度久美の所へ行って、話したよ。でも、久美も分ってくれたんだ」

「そう？　でも話しただけなら、どうして戻って来たとき、汗をかいてたの？　シャワーを浴びてたでしょ」

甘利は詰って、

「それは……」

と、口ごもった。

「どうやら、ただではすまない話になりましたね」

と、私は言った。「同行してもらって、ゆっくり話を聞きましょう」

「いやだ！」

と、甘利は目をむいて、「何もしてない！　俺はただ――」

「ただ？　――そうなんですね」

と、夕子が言った。「あなたは、ただ、久美さんを力ずくでレイプした」

甘利は青ざめた。

「いや……、あの子だって、逆らわなかった。そうだとも。俺のことを今でも忘れられないんだ」

そう言って、甘利はハッとして江里の方を向くと、「分ってくれよ。あの子を黙らせるには、ああするしかなかったんだ。君には申し訳ないと思ったが——」

そのとき——ツカツカと甘利へ歩み寄り、

「恥知らず！」

という ひと言と共に平手で甘利の顔を打ったのは——村井涼子だった。

「何するんだ！」

と、甘利が怒鳴った。

「南久美は私の妹です」

と、涼子は言った。「村井は夫の姓で、久美は年齢の離れた妹なんです」

「それで、中沢さんたちがここに泊ることを知ってたのね」

と、夕子が言った。

「甘利とのことは聞いてました。忘れるように言ったんですが、どうしてももう一度話したいと言って……。でも、甘利は力ずくで黙らせようとして……。久美が泣いて電話して来たんです」

と、涼子は言った。「私、実吉さんのことも、久美から聞いて知っていたので、ご相談したんです。すると、『今、宇野警部さんが泊ってるから』と言って、宇野さんなら、きっとスイートルームにも踏み込んでくれると言われたんです」

「甘利がどういう男か、江里さんの前で明らかにしてやりたかったんです」

と言ったのは、いつの間にか、ベッドルームのドアの所に立っていた実吉小夜子だった。

そして、その後ろには、南久美がいた。

「無事だったのか！」

と、私はホッとして、「びっくりさせるなよ」

「すみません。でも、中沢さんも、甘利の本心に気付いてたんですね」

「でも、はっきり分って良かったわ」

と、江里は言った。「村井さん、この人に別の部屋を用意して。一緒にいたくないわ」

「江里……」

甘利は呆然《ぼうぜん》としていた。

これで、甘利は重役のポストも、あのスポーツカーも、失うことになるだろう、と私は思った。

「やれやれ……」

夕子と二人、部屋に戻ると、私は大欠伸《おおあくび》して、「もう朝になっちまう。——寝るか」

「そうね」

「しかし、何もあんなに大げさに見せかけなくても良かったのに……」

と、私は言った。「それに——あの濡れた足跡や靴は……」

私は夕子を見て、

「君が仕組んだんだな？」

「あら、私は女の敵をこらしめるお手伝いをしただけよ」

と、夕子は澄まして言った。「向うが血を吐いて見せたんだもの、こっちだって、少しは芝居じみたことをしてやらなくちゃ」

「ひと言、言っといてくれよ」

と、私は苦情を言った。

「あなたの正義感に訴えるのが一番だと思ったのよ」

夕子はそう言って、「涼子さんが、この部屋、もう一泊、自分持ちで取ってくれたわ。のんびりできるわよ」

「そうかい？」

それはありがたいが……。

本当にのんびりできるのか？　私には大いに疑問だった……。

死を運ぶサンタクロース

1　くじ引き

たった一つ、自信を持って言えるのが、

「私には〈くじ運〉がない」

ということだとは——やはりちょっと情ないものである。

自慢できることが一つもない。

世の中には、そんな人がどれくらいいるものだろう？

横田《よこた》美沙子《みさこ》は、もしその疑問に答えてくれるデータがあるとしても——実際、昨今はどんなこともデータ化されているから——調べてみたいとは思わなかった。

自分と同じような人が意外に多いと分れば少し安心するかもしれないが、ほとんど存在しない、というデータを突きつけられたらやはりショックだろうから……。

横田美沙子は四十七歳。主婦で、母親でもある。それだけでも幸せだと思うべきかもしれないが、そう自分に言い聞かせたところで、いつも抱えて歩いている「虚《むな》しさ」という相棒は消え去りはしない。


——この夜、商店街は〈X'マスセール〉でにぎわっていた。

美沙子も、ごく普通の主婦並みに買物していた。あと十日ほどでクリスマス・イヴだが、美沙子の家では特別なことは何もしない。

クリスマスケーキも買わないし、シャンパンで祝うこともない。娘の里美《さとみ》ももう十六。サンタクロースからのプレゼントを心待ちにする年齢ではなかった。

商店街のアーケードを歩いて行くと、

「ハワイ旅行が当る！　さあ、運だめしをしましょう！」

と、盛んに呼びかけている。

あの、懐しい、ガラガラポンと紅白の玉が出てくるやつ。スマホの時代には却《かえ》って楽しい。

美沙子もスーパーで〈くじ引き補助券〉というのを何枚かもらっていて、他の店の買物の分を合せると、一回ぐらいはあの玉を出せるのかもしれなかったが、どうせ……。

「さあ、奥さん、どうぞ!」

と、たまたま呼び止められてしまった。

「はい、一回できますよ! さあ当てましょう!」

どうせだめなのよ。私は、そりゃあ〈くじ運〉がないんだから。

それでも成り行きで一回グルッとレバーを持って回すと——ハワイ旅行は当らなかった。

「残念賞です! またどうぞ!」

もらったのは、ポケットティシュー一つ。

そう。——分ってたのよ。

何しろ、美沙子は公団住宅に申し込んで、一・一倍という抽選で外れたのだ。

「しょうがねえな」

と、夫の横田利之《としゆき》は苦笑いして、夫の母親の伸子《のぶこ》は、

「本当に取り柄のない人だね!」

と、美沙子を叱りつけるように言った。

そんなこと言ったって……。〈くじ運〉がないのは私のせいじゃないわ。

そう生れついたとしても、仕方ないじゃないの。好きでそうなったわけじゃない。

「もう……買う物はなかったかしら」

と、足を止めて考える。「——ああ、そうだわ」

納豆。納豆が切れていた。納豆がないと、義母の伸子は機嫌が悪い。

「思い出して良かったわ……」

忘れて帰ったら、また、

「私の好物だから、わざと忘れたんだね」

と、嫌みを言われる。

そんなとき、夫は美沙子をかばってはくれない。むしろ、母親と一緒になって、

「こいつは忘れっぽいからな」

と、からかって面白がっている。

「今日はちゃんと買いましたよ」

と、ひとり言を言って、納豆をエコバッグへ入れると、商店街の外へ出た。

すると、

「奥さん」

という声がした。

周りに人がいないので、

「私？」

と訊いたが――。

立っていたのは、サンタクロースだった。

「〈くじ〉を引いて下さい」

と、紙を貼り合せた箱を差し出す。

「でも……何も買ってないわ」

「いいんです。ここを通った人なら、誰でも引けるんですよ」

そんな変なこと……。それに、どうしてこのサンタはわざわざ商店街の外の暗い所に立ってるんだろう？

「でも……私、〈くじ運〉がないの」

と、曖昧《あいまい》に笑って言ったが、

「分りません！　さあ引いて！」

と、箱を差し出されると、いやとも言えず、手を入れて、中のくじを一枚取り出した。

サンタはそれを開くと、

「――大当りです！」

と言った。「おめでとうございます！」

「え？　まさか」

と、つい言ってしまったが、でも、どうせ大したものが当るわけじゃないのだ、と思い直した。

「じゃ、賞品です」

サンタは、足下に置いた布の袋から、何と毛糸の大きな靴下を取り出した。「さあ、どうぞ」

渡されて、美沙子はびっくりした。重い。

「これ、何ですの？」

「後で楽しみに見て下さい」

と言うと、サンタは布袋を背に担いで、さっさと行ってしまった。

「――何かしら」

と、首をかしげたが、「遅くなるわ」と、その賞品をエコバッグに入れて、急ぎ足で帰宅した。


「美沙子さん」

と、横田伸子は言った。「今夜のミソ汁は薄かったわよ」

「すみません」

「何十年作ったら憶《おぼ》えるの？」

寝る前のひと言。――これは毎夜の習慣になっていた。

庭の雑草だの、トイレのドアがきしむだの、毛布がすり切れそうだ、だの……。

ともかく、何かひと言言わないと寝室へ入らないのだ。

「明日は出張だ」

と、夫が急に言い出す。「大阪、二泊。用意しとけ」

「はい……。早く発つの？」

「十時の新幹線だ。いつも通りに出て、会社に寄って行く」

「分りました」

そう言っておけば、明日の朝には、着替えや洗面道具の入った旅行鞄が玄関に置いてある。夫は、その仕度にかかる手間など考えもせずに、自動販売機に百円玉を入れるくらいのことだと思っている。

「お母さん」

と、里美がパジャマ姿で二階から下りて来ると、「明日、クラブのコンパなの。お金ちょうだい」

「おこづかいじゃ足らないの？」

「払うときに足りなかったらみっともないでしょ」

「いくらあればいいの？」

「五千円」

「そんなに？　二、三千円あれば充分でしょ」

「じゃ、三千円でいいや」

初めから、値切られるのを承知で、高くふっかけてくるのだ。

「——そんなことばっかり大人になって」

里美が二階へ行ってしまうと、美沙子はつい呟《つぶや》いた。

夫はもう寝室だ。しかし、眠るのではなく、パソコンを相手に、何かやっている。

当人に言わせると、

「仕事の情報集めだ」

というのだが、たまに覗くと、明らかにゲームに熱中している。

「あーあ……」

みんな二階へ行ってしまって、美沙子は一人で一階に残る。

台所を片付けて、夫の旅行鞄を詰めて……。そう、自分もお風呂に入って寝なくちゃ。

夫がパソコンを夜中までいじっていることが多いので、今、美沙子は夫婦の寝室でなく、一階の和室に布団を敷いて寝ていた。もともとは、義母の伸子のための和室だが、ベッドの方が楽だと言って、二階で寝ているのだ。

「さあ……」

自分へ声をかけないと、立ち上るのも容易でない。

エコバッグを手に取って、その重さで、

「あ、そうだったわ」

何か当ったのだった。まだ見ていない。忘れていた。

「何かしら？」

毛糸の靴下を逆さにすると――それはソファの上にドサッと落ちた。

「――え？」

美沙子は目を疑った。どうしてこんな物が？

それは、黒光りする拳銃だったのである。

2 銃声

「おい、今の……」

と、私は言った。「もしかして……」

「もしかしなくても、銃声じゃない？」

と言ったのは永井夕子。

私たちは車の中にいた。ちょうど車の中でキスしていたところだった。

いや、車を走らせながらではない。そんな危険な真似はしない。いくら何でも、警視庁捜査一課の警部、宇野喬一である。

そんな「ながら運転」をしていて事故でも起したら立場がない！

夜十時を少し回っている。

女子大生の恋人、永井夕子と食事をして、車でこの川沿いの道に来て停めた。

人気《ひとけ》のない場所で、外は木枯しが音をたてている。車を降りる気にもなれず、とりあえず（？）唇同士の挨拶をしたのだったが……。

そのとき、バアンという音が辺りの静寂を破って鳴り渡ったのだ。

「こんな所で銃声？」

と、夕子は言った。

「花火でもやってるのかな」

「残念ながら、そうじゃないことぐらい分ってるでしょ」

と、夕子は言った。「何かあったのかもしれないわ」

やれやれ、とため息をついて、それでも私はドアを開けて外へ出た。とたんに冷たい風が吹きつけて来て、肩をすぼめる。

夕子も降りて、

「あっちだったかしら?」

川に橋がかかっている。そっちから女性が一人歩いて来るのが見えた。

少々野暮ったい感じの古いコートを着た女性で、コートのえりを立て、足下に目を落として、足早にやって来る。

私は夕子と顔を見合せた。

その女性は、すぐそばまで来て、初めて私たちに気が付いた様子で、ギクッとして足を止めた。

「びっくりさせて失礼」

と、私は言った。「今、大きな音がしませんでしたか?」

女性は、警戒するように、無言でこっちを見ている。

「ご心配なく。——私は刑事です。今、銃声のようなものが聞こえたので、何かあったのかと思って……」

「私……何も知りません」

と、女性はおずおずと、「早く家に帰らなくちゃいけないんで、夢中で歩いてましたから……」

「そうですか。そんな音は聞かなかったと?」

「分りません。ともかく寒いし、耳が痛くて……」

「分ります。いや、それなら結構です。どうもすみませんでした」

と、私は言った。

「もう……行ってもいいんでしょうか」

「ええ、どうぞ」

「失礼します」

と、口の中で呟くように言うと、女性はせかせかと歩き去った。

「とりたててどうって人じゃなかったわね」

と、夕子は言った。「ごく普通の主婦って感じ?」

「うん……。しかし……」

あれは確かに銃声だった。それが聞こえなかったというのだろうか。

「仕方ない。後を尾《つ》けてみよう」

「私が行くわ」

と、夕子が言った。「私の方が目立たない。あなたはその辺を調べてみて」

「分った。気を付けろよ」

と、私は言った。


寒さの中、二十分近く歩き回ってから、車へ戻ると、ちょうど夕子も戻って来るところだった。

「――どうだった?」

と、夕子が訊く。

「それらしい跡があったよ」

と、私は言った。

「どこ?」

「こっちだ」

橋のたもとに、コンクリートの小屋があった。川の水量を測る機械が納まっているらしい。

「この傷だ」

私は、コンクリートの外壁をペンライトで照らした。白く傷がついている。

「たぶん弾丸の当った跡だろう。誰かが撃たれたってわけじゃ、なさそうだが」

「この暗い中じゃ、弾丸を捜すのも無理ね」

「うん。しかし、放っておくわけにも……。さっきの女性が係《かかわ》ってるかどうかは分らないが。拳銃をぶっ放しそうには見えなかったしな」

「後を尾けたら、一軒家に入って行ったわ。〈横田〉って表札が出てた。ギャングの隠れ家には見えなかったわね」

と、夕子は言った。「ともかく寒い！　車に戻りましょ。ね、熱いラーメン食べない？」

私にも異存はなかった。

3　救い主

「凄く怖かったんです！　本当に凄く怖くて、どうしていいか分らなくって……」

そのOL、小西民子《こにしたみこ》は、少なくとも十回は「凄く」を連発していた。もちろん、夜道で、いきなり男たちに囲まれてナイフを突きつけられたら、「凄く怖い」に決っているが。

「まあ、落ちついて」

と、私はなだめて、「もう大丈夫だからね。怖いことはないんだよ」

「ええ……。それでも、思い出すだけで怖くって……、凄く寒くて、怖くて……」

と、くり返してから、「あ、すみません、話が進みませんよね」

「急がなくていいからね。ゆっくり思い出してごらん」

と、私は言った。

「はい、あの……」

小西民子は二十八歳のＯＬである。

年末が近く、仕事が忙しくて、帰りが夜の十一時を回っていた。

「いつもの道は、少し遅くなると人があまり通らないので、怖いんです。それで、少しは帰りのサラリーマンの人たちが通ってる道を通ることにしたんですけど……」

しかし、十一時を過ぎると、その道もほとんど人が通らなかったのである。

冷たい風に追われるように、民子は足取りを速めて、小さな公園の脇を通り過ぎようとした。

そのとき、突然、目の前を二人の男が遮《さえぎ》った。民子はびっくりして、後ろを向いたが、そこにも男が二人、立っていたのだ。

「若くて可愛いじゃねえか」

と、一人が言った。「一人じゃ寂しいだろ？　俺たちが付き合ってやるよ」

「あの……私……若くないです、もう二十八です」

民子は我ながらつまらないことを言っていると思った。

「二十八か。二十四、五だと良かったな」

と、他の一人が笑って、「だけど、俺たちは欲ばりじゃないんだ。二十八だって、可愛きゃいいさ。なあ？」

民子は両腕を取られて、公園の中へ引きずり込まれた。

やめて！　やめて下さい！

そう叫んでいるつもりだったが、実際は声が出ていなかった。

公園のベンチに押し倒されると、コートを脱がされた。――まさか、こんなことが私に起きるなんて！

そのとき、公園の前を、コートを着たサラリーマンらしい中年の男性が通りかかった。

「あ……あの……」

やっと声が出て、その男性ははっきりと民子の方を見た。

助けて！　民子は手を振った。

しかし——男性は目をそらすと、そのまま行ってしまったのだ。

「諦《あきら》めろよ」

と、男たちは笑って、「誰だって、危い目にゃあいたくねえのさ」

スーツを脱がされ、凍える肌を男たちが撫で回す。民子はただ震えているばかりだった。

すると——。

「やめなさい」

という声がした。

「——何だ？」

街灯の明りを背にして、よく分らなかったが、コートを着た女性が立っていた。

「おい、余計な口出すなよ。何ならお前も裸にむいてやろうか？　ま、どうも若くはねえらしいがな」

「恥を知りなさい」

「何だと？」

「人間以下の生きものね。その子を放してやりなさい」

淡々とした口調だった。

「痛い目にあいたいのか？」

と、一人がナイフをチラつかせる。

「痛い思いをするのはそっちよ」

民子は、その女性が拳銃を手にしているのを見て、びっくりした。

「――おい、何だ、それ？　モデルガンか？」

と、一人が一歩踏み出す。

拳銃が火を吹いて、銃声が公園に響き渡った。男がナイフを取り落とすと、

「おい……痛えじゃねえか……」

と、肩を押えてよろけた。

血が流れるのが見えた。――本当に撃たれたんだ！

「次は誰？」

と、その女性が銃口を他の男たちに向けた。

「やばい！　逃げるぞ！」

男たちがアッという間に駆け出して行く。けがをした一人が、

「待ってくれ！　――置いてかないでくれよ！」

と、泣きながらヨロヨロと逃げて行った。

民子が呆然《ぼうぜん》としていると、

「さあ、服を着て」

と、その女性は言った。「大丈夫？　けがはない？」

「はい……。あの……ありがとうございました！」

やっと声が出るようになった。

「気を付けて帰るのよ」

そう言って、女性は足早に姿を消した。

民子が、何とか服を着て、公園からよろけるように出ると、駅の方から三人連れの男たちがやって来て、

「——あれ？　小西さんじゃないか？」

一人が、民子のアパートの隣の部屋の人だったのである。

ホッとした民子は、その場にしゃがみ込んでしまった。


「本当に……」

と、小西民子は何度もくり返して、「あの女の人が来てくれなかったら、私、どうなってたか……」

「確かにね」

と、私は肯《うなず》いた。「で、その女の人だけど、どんな人だった？」

民子はちょっと首をかしげて、

「――女の人です」

と言った。「黒っぽいコートを着てました。でも……グレーだったか、もしかしたら、違う色だったかも……」

「うん、コートの色より、顔立ちとか、背が高いとか低いとか……」

民子はポカンとして、

「憶えてません」

と言った。「暗かったし、街灯の明りが後ろになってて……。でも私のこと、助けてくれたんです」

「うん、それはよく分ってる。ただね、普通、拳銃を持ってる人って、めったにいないからね」

「でも、そのおかげで私、助かったんです。それより、あの四人の男たちを捕まえて下さい！」

小西民子の言い分も、もっともだった。

――私と夕子が、小西民子の話を聞くことになったのは、たまたま「危うくレイプされかけた女性を救った謎の女が拳銃を持っていた」という話を耳にしたからだった。

そして、その現場が、一週間ほど前に、私たちが銃声を聞いた、あの近くだったのである。

ちょうどそこへ、原田から電話がかかって来た。

「宇野さん、見付けましたよ。肩を撃たれて病院で弾丸を取り出した奴がいました」

「そうか、逃がすなよ」

「逃げる元気はありませんよ。痛み止めを打ってるのに、『痛え痛え』って泣いてますから」

何て奴だ！


「こいつ！　こいつです！」

病院のベッドで泣きべそをかいている男を見て、小西民子は声を上げた。

「勘弁してくれ……」

と、男は細い声で言う。

「何よ！　こいつ、私のスカートの中に手を入れて来たんですよ！」

「他の三人の名前もすぐ吐きました」

と、原田刑事が言った。

「それで、お前を撃った女の顔を見たのか?」

と、私は訊いた。

「痛えよ……、こんなひどい目にあわされるなんて……」

「撃たれりゃ痛いさ。で、どんな女だった?」

「どんなって……、そりゃあ、恐ろしい顔してたよ、牙をむき出しにして……」

「狼じゃあるまいし、顔は見てないのか?」

「見たけど……痛くて忘れちまった」

「情ない奴だな」

「なあ、お願いだ、痛み止めの量を倍にしてもらってくれよ……」

「それは医者が決めることだ。——じゃ、行こうか」

私は夕子を促した。この様子じゃ、他の三人も大したことは憶えていないだろう。

小西民子は、フンと鼻を鳴らして、

「ま、お大事にね」

と言うと、男の肩——撃たれた所——をポンと叩いた。

「ギャーッ!」

男の悲鳴が病院の中に響き渡った。

病院を出ようとしたところで、原田のケータイに連絡が入った。

「――分った。宇野さん」

「何かあったのか？」

「今の男から取り出した弾丸を調べたら、この前射殺された山名《やまな》公代《きみよ》を撃ったのと同じ銃だと……」

「何だって？」

私は足を止めた。

4　変貌

「今、忙しいので……」

その男は、迷惑だという気持を隠そうともしていなかった。「何しろ、クリスマスまで一週間ありませんからね」

イベント企画会社〈P〉の社長、三木《みき》哲次《てつじ》は、どことなく落ちつきのない印象の男だった。

「妹さんの事件について、ある事実が出て来ましてね」

と、私は言った。

「犯人が捕まったんですか？　そうでなかったら、こんな時間を取られるのは困るんですよ」

三木の妹、山名公代は、〈P〉の取締役だった。半月前、山名公代は自宅マンションに帰ったとき、マンション前で射殺されたのだ。四十歳だった。

十年前に夫を亡くしてから一人暮しで、特に恨みを買うような事情も出て来なかった。他の誰かと間違って撃たれたのではないかとも言われたりしたが、そう簡単には諦められず、捜査は続いていた。

「ともかく忙しいので……」

と、三木はくり返し、ろくに話も聞かずに席を立って行ってしまった。

〈P〉の入ったオフィスビルのロビーフロア。

ほぼ半分のスペースがカフェになっていて、私はそこへ三木を呼び出したのだった。

「やれやれ……」

と、苦々しく呟いていると、

「よっぽど仲の悪い兄妹だったのね」

と、隣のテーブルにいた夕子が移って来た。

「全くだな。イベント会社だからクリスマスは忙しいだろうが……」

まだオーダーもしていなかったので、何も飲まずに出るのも悪くて、二人でコーヒーを頼んだ。

コーヒーを運んで来てくれたウエイトレスが、戻ろうとして、

「あ、〈P〉の横田さんですね。お客様が、向うの奥に」

と言った。

〈横田〉という姓は珍しくないが、この間の銃声の件を思い出して、ついカフェに入って来た男を見た。

五十前後のビジネスマンだ。ちょっと落ちつかない様子で、ウエイトレスへ、
と、声をかけて、奥の方のテーブルへと急いで向ったが――。

「コーヒーを頼む」

「――何だって?」

と、横田という男がびっくりしている。

「あなたがここへ来いって連絡して来たんじゃないの」

と、言い返しているのは、二十七、八かと見える若いＯＬで、

「僕はそんなメールを送ってないよ」

という横田と、互いにわけが分らない様子で顔を見合せている。

すると、夕子がハッとしたように、

「見て」

と、小声で言った。

カフェに足早に入って来た女性。――それは、あの銃声を聞いた夜に出会った女性に違いなかった。

しかし、あのときの、ちょっとおどおどした様子は全くなく、きびきびとした足取りで、

「――あなた」

横田はびっくりして、

「美沙子！」

と、目を丸くした。「お前……」

「メールしたのは私よ」

と言うと、同じテーブルについて、「あなた、草間《くさま》照代《てるよ》さんね」

「え？　ええ、でも……」

「主人とあなたのことを知らないとでも？　主人の『出張』の仕度をするのは私よ。一泊の出張を二泊にして、どこかの温泉にでも泊ってることぐらい、分るわ」

「おい、美沙子――」

横田は周囲を見て、「何もこんな所で……」

「どこかではっきりさせなくちゃ」

と、美沙子は言った。「草間さん、あなた、社内に婚約者がいるんですよね。主人と別れると、はっきり言って下さいな」

カフェの客が、みんなその話に耳をそばだてているのは当然だった。

「――私、失礼するわ」

と、草間という女性が立ち上った。

「ご心配なく」

と、美沙子が言った。「あなたのコーヒー代は払っておきますから」

顔を真赤《まつか》にして、草間照代はほとんど走るような勢いで出て行った。

「――どういうつもりだ」

と、横田が怒りをこらえて、「俺に恥をかかせて！」

「恥をかくようなことをしてるからでしょ」

美沙子は平然として言った。「私に文句を言うのは筋違いよ」

「お前は――」

と言いかけたが、これ以上ここで言い争っても、恥の上塗りと思ったのだろう、横田は椅子をけるようにして立ち上り、カフェから出て行った。

コーヒーを運んで来たウエイトレスが、困った様子で立っていると、

「それ、主人の注文した分ね？」

と、美沙子が言った。「私がいただくわ」

「どうも……」

夕子が微笑《ほほえ》んで、

「小気味いいわね。この間とは別人みたい」

と言った。


「お母さん、どうかしたの？」

と、里美が言った。

「別に、どうもしないわよ。どうして？」

と、夕食の仕度をしながら、美沙子は言った。

「そう……。何だか、いやにこのところ、てきぱきしてるなと思って。こう……動き方が」

「いやね。それじゃ、いつもぐずぐずしてたみたいじゃないの」

「そういうわけじゃないけど……」

と言いつつ、里美は何となく納得できていない様子だった。

「さあ、食事にしましょう。お義母様《かあさま》、利之さんの帰るのを待ちます?」

伸子は、いつもながら無愛想に、

「待ってたら、却ってあの子が気にするから、先に食事しましょう」

と言った。

「そうですね」

「あの子はとても親思いの、やさしい子ですからね」

伸子はそう言って、美沙子の出したミソ汁の椀を手にした。そして一口飲むと、

「――美沙子さん」

と、眉をひそめる。

「何でしょう、お義母様?」

「このお味は何?　私はこんな甘いミソ汁は飲みませんよ」

「私、おいしいと思うけど……」

と、里美が言った。

「こんなものはミソ汁じゃありません」

と、伸子はお椀を置いた。

「では、お飲みにならなくて結構です」

美沙子は自分のミソ汁を飲みながら、「私はこの味が好きなので。お気に召さないようなら、ご自分でお作りになって下さい」

と言った。

「――何ですって？」

伸子は唖然《あぜん》として、「何を言ってるか、分ってるの？」

「私も日本語は分りますから」

と、美沙子は笑顔になって、「お義母様は充分お元気なのですから、ご自分の気に入るような味で、こしらえたらよろしいですわ。私と里美はこの味が気に入ってるんです」

里美は、目を丸くして、母親を眺めていた。

「お母さん、やっぱり何かあったのね……」

と、呟くように言った。

そのとき、玄関の戸が乱暴に開いて、

「――おい！　美沙子！」

と、横田利之が怒鳴りながら入って来た。

「お帰りなさい」

と、美沙子は少しも動じない。「今夜は早かったわね」

「貴様！　何てことをしてくれたんだ！」

鞄を放り出し、ネクタイをむしり取ると、「会社中があの話で笑ってるんだ！　お前のおかげで、俺は部長にまで皮肉を言われたぞ！」

「利之、何があったの？」

と、伸子が訊いた。

「お義母様、大したことじゃありませんわ」

と、美沙子が言った。「この人の浮気相手に、別れてくれと頼んだだけです」

「貴様――」

横田が拳《こぶし》を固めて、美沙子の方へと歩き出す。

「やめて、お父さん！」

と、里美が言った。「暴力は――」

「殴っても当然だ！」

と、横田は拳を振り上げた。

そのとき、美沙子はパッと立ち上ると同時に、右手に拳銃を構えて、銃口を夫の顔へ突きつけたのである。

誰もが一瞬凍りついた。

「お母さん……」

「何だ、それは？」

と、横田も拳を固めたまま、愕然としている。

「見れば分るでしょ」

「そんなオモチャで、俺を脅そうっていうのか？」

美沙子は、銃口を棚の上の花びんへ向けると引金を引いた。銃声と共に、花びんが粉々に割れた。

「お前……」

横田が仰天して、尻もちをついた。

「私だって、手向うことがあるのよ」

と、美沙子が銃口を夫へ向ける。

「おい！　やめてくれ！　俺を殺すつもりか！」

「まさか、あなたなんかを殺して刑務所へ入るのなんてごめんよ」

と、美沙子は言った。「暴力を振うのならこっちも黙ってないってこと」

そしてそのとき——。

「そこでやめておいて下さい」

と、私は止めに入った。

「あら。——いつかの刑事さんですね」

と、美沙子が言った。「ご心配なく。撃ちはしませんわ」

夕子が私の後から入って来て、

「今日のカフェでのひと幕、拝見してました」

と言った。「奥さんが正しい。私はそう思います」

「ありがとう」

美沙子は私に拳銃を差し出した。

「どうも。——これをどこで手に入れたんです？」

と、私は訊いた。

「サンタクロースがくれました」

美沙子の言葉に、誰もがしばし絶句していた……。

5 イヴの夜

「クリスマス・イヴ最大のイベント！　さあ、大いに楽しみましょう！」

都内の広い公園一杯に、テントがいくつも並んで、クリスマスの飾りや、ワイン、ビールなど、あらゆる物が並んでいる。

ドイツの伝統的な〈クリスマスマーケット〉を真似たのだろうが、こちらはもっと派手で、何でもある。

暮れの寒い時期だが、公園の中は人で埋まり、人いきれで暑いほどだった。

「いらっしゃい！　まだまだ、夜は始まったばかりですよ！」

公園の入口で声を張り上げているのは、サンタクロースだった。

公園のあちこちにも、そして売店にもサンタクロースの衣裳の人物は珍しくなかった。

公園の入口で足を止めたのは、横田美沙子だった。

「さあどうぞ！」

というサンタクロースの声に引かれるように、公園へ入ろうとしたが――。

ふと足を止めると、美沙子はそのサンタクロースを見て、

「まあ、その節はありがとうございました」

と言った。

「――え？」

と、サンタクロースは当惑顔で、「こういう格好の人は沢山いますからね。見間違いですよ」

と笑った。

「いいえ」

と、美沙子は首を振って、「私、その声に聞き憶えがあります。それに、お顔も。私、凄く目がいいんです。あのときは暗かったけど、ちゃんと分りますわ」

「そうですか？　まあ、ともかく――」

「すてきなプレゼントをありがとうございました」

と、美沙子はていねいに頭を下げた。「ちょっと重かったですけど、あんな物、めったに手に入りませんものね」

「奥さん……」

「ちゃんと弾丸の入ったピストルなんて、サンタクロースのプレゼントにしちゃ変ってま

すよね」

と、美沙子はニッコリ笑って、「でも、とても役に立ったんですよ。本当にお礼を申し上げますわ。じゃ、どうも」

美沙子は、「まあ、凄い人出ですね」

と、感嘆の声を上げながら、公園の中の人ごみに紛れて行った。

入口に立っていたサンタクロースは、少し外れると、ケータイを取り出して、かけた。

「――もしもし、横田か。俺だ」

「社長！　何かありましたか？」

「今、どこにいる？」

「公園の隣のビルです。屋上からの照明をみてくれと言われてて」

「ああ、そうだったな」

と、社長の三木は言った。「ちょっとアイデアがある。そこに行くから待ってろ」

「分りました」

三木は、公園の外を回って、ほとんど明りの消えている隣のオフィスビルへと入って行った。

エレベーターで屋上へ上る。

例年、ここを使わせてもらって、公園にライトを当てている。

「社長！」

同じサンタクロースの衣裳を着て、横田が手を振った。

「ご苦労」

と、三木は言って、「どうだ、人出は？」

「新記録ですよ！　絶対です！　去年と比べて、三割くらいは、多いです」

「そうか」

三木は、屋上から公園を見下ろして、

「ワインが人気だな」

と言った。「ここが落ちついたら、一杯飲んで来い」

「ありがとうございます」

横田は汗を拭った。「この衣裳は重いし暑いですね！」

「ああ、そうだな。おい、あの車は何だ？」

と、三木はビルの真下を覗き込んで言った。

「え？　どこですか？」

横田が手すりから身をのり出すようにして、下を覗き込んだ。

三木は両手で力一杯、横田の背中を押した。

横田は声もなく落ちて行った。

三木は息をつくと、エレベーターで一階へ下りて行った。

ビルの周囲は暗いので、そうすぐには見付かるまい。

三木は公園の人出をかき分けるようにして、テントの間を歩いて行った。

もちろん、この人出だ。横田の女房を見付けるのは無理だろう。

しかし――二十分ほど、人の流れに添って歩いていると、〈くじ引き〉のコーナーに、美沙子が並んでいるのが目に入った。

「くじ引きか……」

と、三木は呟いた。

番が来て、美沙子はくじを引いたが、

「やっぱり、〈残念賞〉ね。――私、本当にくじ運がないの」

と笑って言うと、キャンディを一つもらって、歩き出した。

三木は、美沙子の後をついて行った。

美沙子は公園のトイレに入って行った。

今は公園のトイレといっても明るくてきれいだ。女の子や家族連れが安心して入れるよた。


うでなければ、人が来ない。

三木は、近くのテントへと急ぐと、その裏側へ入って行った。

テントを設営するのに、隅を太い鉄のピンで止めてある。

その一本を、力をこめて引き抜くと、三木は息を弾《はず》ませて、トイレの方へと戻って行った。

美沙子がちょうど出て来て、歩き出したところだった。

三木はその背後へと小走りに寄って行った――。

その手首をがっしりとつかんだのは、原田の手だった。三木がギョッとして振り向く。

「ずっとあなたの後を尾けていましたよ」

と、私は言った。「この中に刑事が十人以上、紛れ込んでるんです」

「何だというんだ。私は……」

と言いかけた三木は、目を見開いた。

サンタクロースの衣裳で、顔を出した横田が立っていたのだ。

「横田！　お前……」

「ひどいじゃありませんか、社長」

と、横田は言った。「私に妹さんを殺した罪を着せようなんて」

「屋上へあなたが来ると聞いて、危険を察したんです」

と言ったのは、夕子だった。「横田さんの腰にゴムバンドを取り付けて、突き落とされても、途中までで止まるようにしておいたんです」

「あと三十センチで地上にぶつかってた……」

と、横田は不満そうだったが……。

「イベントは、社長さんがいなくてもちゃんと続きますよ」

と、夕子が言った。「私もワイン一杯飲んで行こう」

——三木がパトカーに乗せられて行くのを、公園の表で見送った。

三木の妹、山名公代の亡くなった夫が大変な資産家だったことは、すでに年月もたっていて、誰もが忘れていた。

会社の金を、愛人に使っていた三木は、妹にそのことを責められていた。

他に親族のいない公代の財産は、死ねば三木が相続する。——役員会で問題にすると言われて、追い詰められた三木は、妹を射殺したのだった。

そして、凶器の拳銃を横田に渡して、横田と公代が関係していたという証拠を作っておこうとした。

そして横田が自殺。——その筋書だったのだが、拳銃を美沙子に持たせたのが計算違いだった。

当然、美沙子は拳銃を夫に渡すだろう。そう思っていたのに……。

「――俺はイベントの用がある」

と、横田は言って、公園の中へ戻って行った。

「――刑事さん」

と、美沙子が言った。「私を逮捕するんでしょ？　拳銃を持ってただけでも違法ですものね」

「そうですな」

と、私は言った。「まあ、拾って、届け出るのが少し遅かったということにしましょう」

「まあ……。でも、実は私――」

と、美沙子が言いかけると、

「若い女性が襲われたとき、謎の女性が現われて、とんでもない奴らをこらしめたんです」

と、夕子が言った。「若い女性を救ったんですから、一人ぐらい少々痛い思いをしても仕方ないんじゃないですか」

「でも……いいんですか？」

と、美沙子は私を見て言った。

「いいのよね」

と、夕子は言った。「あの拳銃は、その若い女性だけじゃなくて、あなたのことも救ったようですものね」

「ええ……。言いたいことははっきり言う。その強さを、目覚めさせてくれましたわ」

と、美沙子は肯いた。

「多少、問題はありますが」

と、私は言った。「中へ戻って、ワインを一杯付き合ってくれたら、それで解決ということにしましょう」

「喜んで！」

と、美沙子は言った。「何なら、二、三杯でも」

公園に、〈ジングルベル〉の音楽が鳴り渡った。

他人の空似の顔と顔

1 記憶

その女性の「ため息」で、遠い記憶を呼びさまされた。

そう言うと、何だかロマンチックな思い出に係《かかわ》っているかと思われそうだが。

まるで違っていた。――私は、昼下り、暖かい春の日射しの下、公園のベンチに腰をかけていた。

まるきり暇だったというわけではない。もちろんだ。警視庁捜査一課の警部に、そんな暇を持て余しているような暇はない。何だか変な言い方になったが。

ただ、ポカッと空く時間がたまにはあるわけで……。私はちょうど連絡の入って来た永井夕子と、この公園で待ち合せていたのである。

女子大生の永井夕子は、ときどき空いた時間もできるのだが、二人の都合がこんな風にうまく一致することは珍しい。

夕子とのんびり遅いランチでもしようか、と考えていると……。

隣のベンチに座っていた女性が、何ともせつなげな深いため息をついたのである。

私はチラッとその女性の方へ目をやった。たぶん私と同じ、四十歳前後かと思える女性で、誰かの秘書でもしているようなスーツ姿だった。

もちろん、知らない女性をジロジロ眺めるような、礼儀に反したことはしない。私はすぐに目の前の広場へ視線を戻したのだったが……。

「――うん？」

深く埋れていた記憶が、かすかにくすぐられる感覚があった。しかし――何だろう？一体どうして……。

すると、隣のベンチの女性が、もう一度深いため息をついたのである。

待てよ。――この「ため息」、どこかで耳にした覚えがあるぞ。

ちょっと馬鹿げている気もした。ため息なんて、誰だって似たようなものだろう。ため息で思い出したなんてことが……。

「君……」

と、私はつい口に出して言っていた。「沢口《さわぐち》君じゃないか？」

その女性がびっくりした様子でこっちを見た。

「いや、人違いだったら申し訳ないけど……」

と、ちょっとあわてて言うと、

「沢口……ですけど……」

と、まじまじと私を見つめて、「もしかして……宇野君？」

「ああ、宇野喬一だよ。やっぱり、君、沢口里香《りか》か」

「まあ！　よく分ったわね」

と、笑顔になる。

その表情は、もっと鮮明に私の記憶を呼び起こした。そうだ。高校二年生のクラスの中で、この笑顔は飛び切り明るかった。

「君……今は……」

「村川《むらかわ》というの。村川里香。でも、仕事では旧姓の沢口で通してるわ」

「そうか。いや、変らないじゃないか」

「冗談やめてよ」

と、里香は苦笑して、「十五キロは太ったわ」

確かに、彼女の体型は中年そのものだが、顔立ちはそう変っていなかった。

「いや、ため息がね」

「ため息？」

「今、君がため息をついたろ？　聞き覚えがあると思ったんだ」

「私、高校生のころに、こんなため息ついていたっけ？」

「君は憶《おぼ》えてないだろうな」

「私、宇野君に失恋した覚えないんだけど」

「そうじゃないよ」

と、私は思い出し笑いをして、「二年生の体育祭のときさ、クラスにお菓子屋の息子がいて、その子のお母さんが、昼食をとってるところへ、何十個も饅頭を差し入れしてくれたんだ。そして、君が食べようとしたところへ蜂が飛んで来て、君は悲鳴を上げて飛び上った。その拍子に、饅頭を落っことして、砂まみれになっちまったんだ。あのとき、君はかがみ込んで、砂だらけになった饅頭をしみじみ眺めて、それは深いため息をついたんだよ」

「え……。じゃ、今の私のため息を……」

「うん、どこかで聞いたため息だと思ってね」

「ひどい！」

と、里香は私をにらむと、「私のこと、何だと思ってるのよ！」

「いや、ごめん！　本当のことを言っただけなんだけどな」

「ひどい人ね！」

と、むくれたと思うと、里香はふき出してしまった。

私も一緒に笑って——。里香の顔からフッと笑いが消えると、彼女は立ち上って私のベンチに移って来た。

「どうした？」

「宇野君……」

と、里香はじっとこっちを見つめたと思うと、いきなり私の胸に顔を埋めて、ワッと泣き出したのである。

面食らって、

「おい、君……。どうなってんだ？」

と言ったものの、里香はしゃくり上げるように泣き続けている。

突き放すわけにもいかず、里香が泣くのに任せていると……。

ふと視線を感じて振り返った。——永井夕子が腕組みして、私を見下ろしていたのである。

「やあ！　早かったな」

「どういうこと？」

と、夕子は私をにらんで、「その方との別れ話がこじれてるってわけ？」

「違う！　そんなんじゃないんだ！」

と、私はあわてて言った。「これは……昔の同級生で……。おい、沢口君、ちょっと……」

里香はやっと泣き止むと、顔を上げ、ハンカチで涙を拭いた。そして夕子を見ると、

「——娘さん？」

と言った。


秘書の仕事は、どこへ行ってもそう違うものではない。

沢口里香は、長い秘書としての経験で、どこへ行ってもまず大丈夫という自信はあった。

それでも、新しい職場で、これから仕事をするボスと初めて顔を合せるとなると、やはり緊張してしまう。

〈社長室〉の金文字を見て、ちょっと呼吸を整えると、里香は軽くドアをノックした。

「九時十五分に来るように」

と伝言されていて、里香の正確な腕時計は九時十四分を指していた。

「どうぞ」

と、穏やかな感じの声が返って来た。

「失礼します」

ドアを開け、里香は中へ入った。

「かけていてくれ」

スーツ姿の男性は、応接セットの方を手で示した。ケータイで誰かと話しているのだ。

里香は言われた通り、ソファに浅く腰をおろして、社長室の中を見回した。

すっきりとして、スマートな印象のインテリアだった。ゴルフ道具だのトロフィーだので部屋が一杯ということもない。

里香に背を向けて話しているのは、社長といっても、まだ若々しい感じの細身な紳士だった。

「——ああ、そういうことで、よろしく。——今度、食事でもしましょう。——どうも」

通話が終った。

里香は立ち上って、

「今日からお世話になります。沢口里香と申します。よろしくお願いいたします」

と言って、深々と頭を下げた。

「こちらこそ。いや、前の秘書が突然辞めてしまってね」

と、社長は里香の方を向いて、「近藤《こんどう》だ。よろしく」

「はい……」

二人は、しばし顔を見合せていた。

「――沢口君」

「近藤さん！　まあ……」

しばらくは、どっちも口をきかなかった。何を言っていいか分らなかったのだろう。

「あの……よろしくお願いします」

先に口を開いたのは里香だった。

「ああ……。名前は聞いてたが、〈沢口〉とだけでね。君、まだ〈沢口〉なのか？」

「いいえ！　村川です。村川里香といいます。でも、仕事では〈沢口〉で……」

「そうか。そうだよな」

近藤和也《かずや》は、椅子にかけて、「しかし……驚いたな」

「はあ……。あの……私、秘書として、ちゃんと仕事をします。お願いです。クビにしないで下さい！」

近藤は面食らったように、

「どうして君をクビにするんだ？　今日初めて出勤して来たばかりじゃないか」

「そうですけど……」

「もう昔のことじゃないか」

と、近藤は微笑《ほほえ》んだ。

「そう。そうですよね」

ホッとして、里香は肯《うなず》いた。「あの――お変りなくて、結構でした」

「君こそ。あのころと少しも変らない」

「お世辞の言い合いはよしませんか、社長？」

里香がそう言って、少しして二人は一緒に笑った……。


「十五年前の恋人と偶然出会う。それも、雇い主と秘書としてね。それ自体は……」

「あり得ないことじゃないな」

と、私は言った。

夕子と私たちは、出交《でくわ》した公園の近くのティールームに入っていた。

夕子も、私と沢口里香が決して「怪しい関係」でないことは納得して、今は好奇心一杯の様子で、里香の話に耳を傾けていた。

「十五年前、私はまだ秘書修業中で、ある大企業の秘書室で働いていたの。秘書室といっても、実際の秘書の仕事は先輩のベテランたちがこなして、私のような新人は、専らお茶出しやコピーっていう、あのころの新米ＯＬそのものだった」

と、里香は言った。「そんなとき、来客にお茶を出そうとして、給湯室に行ったら、男性社員がお茶をいれてたの。私、『どこの分ですか？　私、出しますよ』って言った。そしたら、その男性は、『僕は課で一番若いんだ。お茶ぐらい出すよ』って言って、ニッコリ笑った。──それが近藤さんだったの」

「で、付合ったわけだな？」

「ええ。それから二年余り、毎週のように会っていた。幸せだったわ」

里香は微笑んで、「あと一、二年付合っていたら、結婚していたかもしれない。いえ、きっとしていたと思うわ。でも──近藤さんがニューヨーク勤務になってしまったの。二、三年は帰れないと言われて……。そのときに、『結婚しよう』って言われたの。そして一緒にニューヨークに行こう、って。でも無理だった。私は母親が病気で長く寝込んでいて、弟と妹の面倒をみていたから……。ニューヨークから戻ったら、と話し合ったけど、結局、あんまり遠いと、とても続かないのよね。彼は向うで恋人ができ、私は仕事が忙しくて、恋どころじゃなくなった」

里香は紅茶を飲んで、

「私は十年前、三十のときに村川と結婚。一年後に男の子、竜介《りゅうすけ》が生まれた。――今、九歳よ」

話を聞いていた夕子は、

「でも――それでどうして宇野さんの胸で泣いていたんですか？」

と、納得しかねる様子で訊いた。「再会した近藤って人との間にまた恋心が？」

「そうじゃないの！」

と、里香は首を振って、「近藤さんも結婚してた。佳子《よしこ》さんという奥さんとの間に、女の子がいるの。小百合《さゆり》といって、今八歳」

里香はまたため息をついて、

「もう一つの偶然が、とんでもないことになって……」

2　鏡よ鏡

春というには少し早いが、よく晴れた暖かい日だった。

週末の土曜日、テーマパークは結構な人出だった。

「そろそろ昼食どきね」

と、里香は時計を見て、「行列してる乗り物も、少しは空くんじゃないかしら」

「お前、竜介と行って来い」

と、夫、村川泰士《たいし》はうんざりした気分を隠そうともしないで言った。「俺はもう歩けん」

「だけど、あなた……」

と言いかけたが、里香は思い直して、「じゃ、お母さんと乗る？」

と、竜介に訊いた。

「うん」

と、竜介は肯いた。

「じゃ、あなた、何か食べていたら？　私たち、どれくらいの列か見て来るわ」

すると竜介が、

「僕、喉渇いた」

と言い出したのだ。

「じゃあ、お母さんが見て来るわ。

「あなた、何か飲物をこの子に」

「ああ、分った」

里香は、人気の乗り物へと駆けて行った。

しかし……。

「――まだだわ」

順番を待つ行列は、一向に短くなっていなかった。もう少ししたら……。

ちょっと息を弾《はず》ませて、その行列を眺めていると、

「まだだな……」

と呟《つぶや》くのが聞こえた。

同じことを考えてる人がいる？　声の方を振り向くと、

「――まあ」

「やあ」

そこに立っていたのは、近藤だったのである。二人は何となく一緒に笑って、

「同じことを考えてる？」

「そのようですね、社長」

「よせよ、会社じゃないんだ」

偶然ではあったが、近藤が社長を務める〈S企画〉は、昨日金曜日から三連休なので、子供に人気のテーマパークに来ていてもふしぎではない。

「ご主人と？」

「ええ。息子と二人で何か飲んでます」

「うちも同じだ。女房が小百合と二人で休んでるよ」

二人は同じカジュアルなレストランに向っていた。

「社長は今日みえたんですか？」

「いや、昨夜はこの近くのホテルに泊った」

「その辺が社長と秘書の差ですね」

「おい、やめてくれよ。仕事は忘れよう」

「でも……。あら、どこに行ったのかしら」

村川と竜介の姿が見えない。

「トイレにでも行ったんじゃないか？」

と、近藤が言った。

「そうですね。きっと。それじゃ……」

「うん」

里香は、近くの空いたテーブルの椅子を引いて座った。そして、近藤は男子トイレへと足を向けた。

里香はちょっと気が重かった。――夫、村川泰士が、勤めている〈K物産〉をリストラされそうだったのだ。

一応組合が抗議して、保留扱いにはなっていたが、里香も今の組合が、会社と対立してまで、夫のような平社員を守ってはくれないことを知っていた。

リストラされたら、村川は四十歳の失業者だ。次の仕事がすぐに見付かるかどうか……。でも、今日はせっかく遊びに来たのだ。里香や夫が重苦しい顔をしていたら、竜介が気付くだろう。子供は敏感に親の気分を感じるものだ……。

「ママ！」

と、竜介が駆けてくる。

「あら、トイレに行ってたの？　パパも？」

「うん、今来るよ」

と、竜介は言って、「どこかのおじさんと話してた」

「え？」

当惑していると、夫、村川が戻って来た。何だか不機嫌そうな顔をしている。

「あなた、何か食べる？　まだ並んでるわ、あっちは」

「ああ……」

村川は椅子を引いてかけると、「今……妙なことがあった」

「何なの？」

「竜介と手を洗ってると、隣に立った男が、手を洗ってたんだが……。鏡の中を見て、びっくりした」

「どうしたの？」

「そいつが、竜介とそっくりだったんだ」

「――え？」

何の話をしているの？　――里香はわけが分らなかった。

すると、村川が、

「あいつだ」

と言った。

夫の視線の方へ目をやると、里香は啞然《あぜん》とした。

近藤がやって来たところだったのだ。

「やあ」

と、近藤が言った。「こちらがご主人？」

「ええ。――あなた、私が秘書をしてる、社長の近藤さんよ」

と、里香は言った。

「どうも。――ああ、あれが家内と娘です」

近藤は妻子を手招きして、「いつも話してる秘書の沢口君だよ」

「まあ、どうも」

おっとりした感じの奥さんだった。

しかし、里香は夫の言葉に混乱していた。

そっくりだって？　竜介が……。

そう言われて、初めて気付いた。

竜介の眉は、ちょっと独特の形をしていて、村川とも里香とも似ていない。だが、それは別に気にするほどのことだとは思わなかった。

しかし言われてみると――確かに、竜介の眉の形は、近藤の眉とよく似ているのだ。

でも、もちろんそんなことは偶然だ。

他人の空似というやつだ。

「いつも主人がお世話に……」

と、佳子が言った。

「いえ、こちらこそ……」

里香は、夫がこわばった顔でじっと自分を見つめているのに気付いていた。

「あなた、社長さんにご挨拶してよ」

と、里香は言った。

村川は、我に返ったように、

「ああ。——どうも、家内が……」

と、口の中で呟いただけだった。

しかし、近藤はそんな村川の様子に気付くでもないようで、

「それじゃ、失礼」

と、会釈《えしやく》して、妻と娘を連れて、オーダーのカウンターへと行き、「小百合、何がいい？」

「ホットドッグ！」

「そうか。よし、パパはハンバーガーにしよう……」

　里香は竜介へ、

「何か食べる？　乗るのはもう少し待った方がいいと思うわよ。食べてればちょうどいいくらいに――」

「おい」

　と、村川が遮《さえぎ》って、「何とか言え」

「何なの？　どうしてそんな顔してるの？」

「分ってるじゃないか！」

　と、村川ははっきり怒りを表情に出して、

「お前があの男と……」

「やめて」

　と、里香は言った。「こんな所で、何を言い出すの？」

「俺は――とんでもないお人好しだったんだな。今やっと分った」

「あなた……」

「俺は帰る」

　と、村川は立ち上った。

「何よ、せっかく竜介が楽しんでるのに」

「楽しんでりゃいい。本当のパパとな」

「あなた！」

里香は、それ以上言葉が出なかった。そして、村川が大股に行ってしまうのを、呆然《ぼうぜん》と見送っていた……。


「その日は大変だったわ」

と、里香が言った。「びっくりして、わけの分らない竜介を、何とかごまかして、お昼を食べ、午後三時過ぎまで遊んで帰った」

「すると、ご主人は息子さんのことを、その近藤って社長の子だと……」

「思い込んでしまって、私が何を言っても聞かないの」

と、里香は疲れたように息をついて、「正直に何もかも話したわ。近藤さんと昔恋人同士だったことも。でも、竜介が近藤さんの子だなんてこと、あり得ない。でも、いくら言っても、主人は信じようとしない」

「でも検査すれば」

と、夕子が言った。「血液型とか、ＤＮＡとか」

「私もそう言ったわ。でも、主人は『ごまかそうたってだめだ！』と怒鳴るばかりで」

里香は力なく首を振って、「もう私、情なくなってしまって……。しかも、悪いことに、その週明けに、主人は異動になったの」

「リストラはされなかったのか」

「でも、一応プロジェクトを任されることもある立場だったのに、異動先は資材管理。管理といえば聞こえはいいけど、封筒や事務用品の在庫を調べて補充したりする仕事で……。本人は辞めたいの。でも、今辞めて、次の仕事が見付かるかどうか……」

「それは当人も辛《つら》いだろうね」

「ええ。——主人はほとんど毎晩のように酔って帰ってくるようになったわ。竜介も、父親の変りようにびっくりして怯《おび》えてる」

「なるほど」

と、私は肯いて、「君が泣きたくなるのも分るよ」

「もう……どうしていいか分らない」

と、里香は言って、「ごめんなさい、お騒がせして。——宇野君はいいわね。こんな可愛い恋人がいて」

それを聞いて、夕子が言った。

「自分がどんなに恵まれてるか、言ってやって下さい」

――会議の準備があるから、と言って里香は先にティールームを出て行った。

「やれやれ」

と、私は首を振って、「その頑固なご主人を納得させるのは、容易なことじゃなさそうだな」

「一旦《いったん》別居するのも手よね。両親がそんな風じゃ、子供に良くないわ」

それはそうだ。しかし、その数日後、思わぬことが起るのである。

3　目撃

〈K物産〉?

どこかで聞いたな……。私はビルへ入りながら、首をかしげた。

ビルの玄関ロビーに、原田刑事の大きな体が彫刻みたいに突っ立っていた。

「あ、宇野さん」

「原田、現場は?」

「地下一階なんです。そこに階段が」

と、原田は言って、「向うにエレベーターもありますけど」

「何だ？　俺が階段で下りるのは大変だとでも言うのか？」

「いえ、そうじゃないですが。この間、宇野さん、腰が痛そうにしてたんで」

「そりゃ、痛くなることだってあるさ。しかし、大したことはない」

「そうですよね」

と、原田は肯いて、「あの日は、夕子さんと会った翌日でしたっけ？」

「何が言いたいんだ？」

「いえ、別に」

私と原田は、階段を下りて行った。

地階の廊下に、鑑識の人間が来ていた。

「廊下に血痕が」

と、原田は言った。「犯人が逃げるときに血が飛んだんでしょうか」

「現場は？」

「その中です」

ドアの一つに、〈資材部〉の札があった。

そのとき、思い出した。

そうか。里香の夫、村川が勤めているのが〈K物産〉だったな。〈資材管理〉とか言っていたようだが。

ここが里香の夫、村川の職場なのだろうか？

そこは、ほとんど倉庫と言った方がいい場所だった。

段ボールを積み上げた棚がズラッと並んでいて、天井の照明が遮られて薄暗い。

棚と棚の隙間に、机がいくつか置かれているが、どうにも居心地は良くなさそうだ。

そして——その奥に、わずかに広いスペースがあって、古ぼけて、角のすり切れたソファが一つ置いてある。

そのソファの上に、女が横たわっていた。——殺されているのだ。

「ひどいですね」

と、原田が顔をしかめた。

女性は中年——たぶん私と同じくらいだろう。上等なスーツを着て、床に落ちたバッグも一流ブランド。

しかし今、スーツの上着のボタンは飛び、下のブラウスは引き裂かれている。白い首には絞められた指の跡が。

女性はうつろな目で天井を見上げていた。

「——身許《みもと》は？」

「バッグの中に財布が。クレジットカードや美容院のポイントカードがあります」

と、原田が言った。「名前は〈砂川亜季《すなかわあき》〉となっています」

そこへ、〈K物産〉の受付の女性が呼ばれてやって来た。

死体を見ると青くなって、気を失いそうになったが、何とか立ち直って、

「――大丈夫です。でも……何てことでしょ！」

「この女性を知ってますか？〈砂川亜季〉さんという人のようですが」

と、私が訊くと、息を呑んで、

「まあ！　本当だわ！」

と、そばの棚にすがりついた。

「知ってるんですね？」

「ええ……」

と、何度も肯いて、「うちの部長――砂川部長の奥様です！　どうしてこんな……」

すぐに、その部長が呼ばれた。

妻の死体を前に、呆然としているばかりで、ただ、

「どうしてこんな所に……」

と、くり返していた。

確かに、部長の夫人が、この倉庫のような所に何の用があったのだろう？

「心当りは？」

と訊いても、夫は、

「何が何だか……」

と呟くばかりだった。

そこへ、

「何ごとです？」

と、ワイシャツ姿でネクタイをちょっとだらしなく緩《ゆる》めた男がやって来た。

「あなたは？」

「ここの責任者の村川です」

と、男は言った。

これが村川か！　確かに、里香の言っていたイメージ通りの印象だ。

いつも不機嫌そうな顔をしているせいで、額の眉の間のたてじわが消えなくなっている。

「部長。――どうしたんですか？」

「村川か……。女房が……」

「は？」

村川は奥の様子に初めて気付いて、「どういうこと……」と覗き込んで、「エッ」と声を上げた。

「部長……、奥様ですか、あれ？」

「うん。君、分らないか、どうしてあれがこんな所に来たのか」

「いえ……。さっぱりです」

村川が答えながら、砂川部長から目をそらしていることに、私は気付いていた。

「ここには他に人がいないんですか？」

と、私は訊いた。

「いえ、本当は……もう一人いるんですが、いつも他の課の仕事を手伝っていて……」

ということは、村川は一人でこの倉庫で仕事をしているわけだ。精神的には辛いだろう。

「今はどこに行ってたんですか？」

「朝から、棚の整理をするので、出たり入ったりしていました」

村川はこわごわ死体へ目をやると、「奥さんは……殺されたんですか？」

「首を絞められたんです。何か心当りはありませんか？」

「全然！　全く知りませんでした」

早口で言った。――何かに怯えている、と私の目には映った。

私は、村川が左手にハンカチを巻きつけているのに気付いた。ハンカチに血がにじんでいる。

「左手、どうかしたんですか？」

「え？　ああ。――段ボールをたたもうとして、金具で手の甲に傷をつけちゃったんです。血が出たもんで……」

「それはいけない。ちゃんと手当した方がいいですよ」

と、私は言った。

「どうも……」

そこへ、一旦表に出ていた原田が戻って来て、

「宇野さん、ちょっと」

と呼んだ。

廊下へ出ると、

「実は、逃げる犯人らしい男を見たという人間が」

「誰だ？」

「このビルの隣のカフェのウエイトレスです。店の前を駆けて行ったと……」

「話してみよう」

私は階段へと向いながら言った。

「ええ、ひどくあわてた感じで、店の外を通って行ったんです」

朝井《あさい》みすずというそのウエイトレスは言った。

「どんな服装をしてた？」

と、私は訊いた。

「グレーの——作業服みたいなのを着てたと思います。そんなにはっきり分りませんが」

目撃したのは、ほぼ二時間前。——事件が起きたころだ。

「何かその男の特徴は？」

と訊くと、朝井みすずは、

「特徴っていっても……」

と、首をかしげる。

「思い出せることでいいんだよ」

と言うと、彼女はとんでもないことを言ったのである。

「だって、知ってる人ですもの」

私は面食らった。

「知ってる人？」

「ええ。名前まで知らないけど、よくうちへコーヒー飲みに来てる人です」

「すると──見れば分るかね？」

「ええ、たぶん」

と、朝井みすずは肯いて、「人殺しなんですか？」

「そういうことだ。──すると、君は店の中にいて……」

そう言いかけると、朝井みすずは店の表に目をやって、

「あ！　──あの人です」

と、指さした。

そっちへ目をやると、左手に包帯を巻きながら、会社のビルの方へと戻って行く村川が通って行ったのである……。

4　不信の交差

エレベーターの扉が開くと、一分の隙もないという印象のスーツ姿で、里香が現われた。

そして、受付の前に立っている私を見ると、

「まあ。――宇野君」

と、当惑の面持ちで、「お客って、あなたなの?」

「話があってね」

と、私は言った。「今、大丈夫?」

「少しの間なら。じき、近藤社長が戻るのよ」

私は、里香を促して、ロビーの奥へと移動した。

「どうしたの?」

「実はね、今日、ご主人の勤め先で、殺人事件があった」

「え? 〈K物産〉で?」

「そうなんだ」

私は肯いて、「砂川亜季さんという、部長の奥さんが殺された」

「砂川さん? 知ってるわ、奥さんなら。会社のパーティのときにお話しして……。あの方が殺されたの? まあ!」

「それでね……」

私は事件のあった現場のこと、状況についても説明した。

「ひどい話ね。――じゃ、主人が留守にしてた間に? 責任を取らされるかしらね」

と、ため息をつく。

「それだけじゃないんだ」

「というと？」

——里香が青ざめてよろけるのを、私は何とか支えてやった。

「おい、しっかりしろ」

「だって……。だって、あの人が……殺したっていうの？」

「まだ分らない。ともかく話を聞かないと」

と、私はなだめた。

「そんな……。そんなこと……」

と、里香は呻《うめ》くように言った。

そこへ、

「どうしたんだ？」

と、声がした。

里香がハッとして、

「社長、すみません！」

「何かあったのか？」

近藤社長は、私の説明を聞くと、「――とんでもないことだな」

と言った。

「申し訳ありません、社長」

と、里香は涙声で言った。

「いや、君が謝ることはない」

と、近藤は言って、「宇野さんでしたか。まだ彼女のご主人が犯人と決ったわけではないのでしょう?」

「もちろん、これから捜査します」

と、私は言った。

「じゃ、君はご主人の所へ行け。きっと何かの間違いだと分る」

「社長……」

「仕事は大丈夫だ。この警部さんと一緒に行くんだ」

しっかりした励ましの言葉に、里香は背筋を伸して、

「はい! それでは……早退させていただきます」

と言った。

現場へ戻ると、何と……。

「どこへ行ってたの？」

夕子が倉庫の入口から顔を出したのである。

「どうしてここへ――」

「原田さんが知らせてくれたの。だって、里香さんとは縁があるじゃないの」

「あいつ……。ま、ともかく彼女も一緒だ」

里香はこわばった表情で、

「主人は？」

と訊いた。

「奥ですよ。――検視官を待ってるところ」

と、夕子が言って、先に立って奥へと入って行く。

そのままになっている砂川亜季の死体を見て、里香は息を呑んだ。

「こんなひどい……」

その声に、隅の方で段ボールに腰かけていた村川が顔を上げた。

「――里香」

「あなた……」

村川は里香から目をそらして、

「すまん」

と言った。「俺が悪かった」

私はびっくりした。自白しているのか？

「あなた！　あなたがやったの？　こんなひどいことを！」

里香が夫につかみかかった。

「待ってくれ！　――里香、お前、まさか俺が彼女を殺したと思ってるんじゃないだろうな」

と、村川があわてた様子で、「俺は殺してなんかいないぞ」

あのウエイトレス、朝井みすずの目撃証言のことは、まだ村川に言っていないのだ。

「じゃあ……どうして今、『悪かった』って言ったのよ！」

「それは……」

と、村川が口ごもる。

「被害者の女性と、関係があったんですね」

と言ったのは夕子だった。「彼女はあなたに会いに、ここへ来た」

村川は肩を落として、

「そうなんだ……」

と言った。

「あなた……」

「彼女は俺に同情して、ここへ訪ねて来てくれた。ここは俺一人しかいないし、俺は嬉しくて……」

「そうだったの……。でも殺してないのね」

と、里香は言った。

「ああ、本当だ」

「本当なのね」

「信じてくれ。——な？」

里香は肯いて、

「信じるわ」

と言うなり、平手で思い切り夫の顔を叩いた。

バシッという小気味よい（？）音が、倉庫の中に響いた。

村川は痛そうに顔をしかめたが、さすがに何とも言えない様子だった。

「あの……」

と、警官がやって来て、「文具の納入だって人が来てますが」

「ああ、そうだ。コピー用紙を頼んでた」

と、村川は言って、「受け取っていいですかね?」

「ああ」

重そうな段ボールをいくつも台車に積んで、

「お取り込み中ですか……」

と、業者のジャンパー姿の男が倉庫へ入って来た。

「入口の辺りに積んどいてくれ」

村川は、叩かれた頬を真赤《まっか》にして、立って行くと、伝票にサインした。

「どうも。――失礼します」

サングラスをかけた若い男は、「何かあったんですか?」

「お前にゃ関係ない! 行けよ」

「はい、どうも……」

と、あわてて出て行く。

「さて……」

と、私は言った。「詳しい話を聞こうか」

村川は息をつくと、

「今日、彼女から会いに行くと連絡があったんです。俺も、一人でいるはずだったし、何なら、用で外出と届けて、近くのホテルにでも行くかと思ってました」

「いつもそうしてたのね」

里香が腕組みしてにらんでいる。

「いつもって言っても……そう何度もじゃない。二、三回……四、五回……だったかな」

「もっとでしょ！」

「うん……。でも、今日は、急に片付けなきゃいけなくなった戸棚があって、ここにいられなかった。彼女に連絡しようとしたけど、ケータイもつながらなくて……。出たり入ったりしてて、一体彼女がいつ来たのやら……」

「そうか」

私は肯いて、「しかし、あんたがひどくあわてて出て来たのを見た者がいるんだ」

「え？」

「そう。この人です」

と、朝井みすずは言った。「店の外を、あわてて通ってったわ」

「俺じゃない。人違いだ……」

と、村川は呆然としている。

「だって、いつもお店で見てるもの」

カフェに一緒に来ていた夕子は、

「ちょっと……」

と、口を挟んだ。「その人、作業服みたいなのを着てたんですって?」

「ちょっと見ただけだけど、たぶん……、グレーの上着だったかもしれないわ」

と、みすずが言った。

「この店の中から、見てたのね?　表を通ってくのを」

「ええ、そうよ」

「ね、ちょっと同じ方向へ歩いてみて」

と、夕子が私に言った。

「僕が?」

「そう。ちょっとせかせかとね」

夕子に言われるといやとも言えない。

私はカフェの外へ出ると、〈K物産〉のビルの方から反対方向へ向って、カフェの前を足早に通り過ぎた。

「——どうだ？」

と、店の中へ戻ると、「何か分ったのか？」

「ほとんど全面ガラス張りだから、足下まで全身が見えるわね」

と、夕子が言った。「今みたいな感じだったの？」

「ええ」

と、みすずが肯く。

「じゃ、その男の靴は？」

「靴？」

「村川さんの黒い革靴、ずいぶんピカピカだな、って思ってたの」

「本当よ」

と、里香が言った。「あなた、いつ買ったの、そんな高そうな靴」

「いいだろ、靴ぐらい買ったって」

と、村川がむくれて、「一昨日、デパートで一目見て気に入ったんだ」

「ね、もしここから男の全身を見てたら、作業服みたいなのを着て、ピカピカの革靴って、おかしいでしょ。目につかなかった？」

夕子に訊かれて、みすずはちょっと首をかしげていたが、

「――そうね。たぶん、靴は……スニーカーみたいなのだったと思うわ」

「俺はずっとこれをはいてた」

と、村川が言った。「本当だ！」

夕子が私に向いて、

「ちょっと呼び戻した方がいいわね」

と言った。


「あの……何か？」

カフェに入って来たのは、さっきコピー用紙を届けに来た若い男だった。

「サングラス、外して」

と、夕子が言うと、男は落ちつかない様子で、サングラスを外した。

「あ！」

と、みすずが言った。「この人だ！」

微妙な間があって、みすずは、

「――だって、よく似てるんだもの」

と言った。

「さっき倉庫で見かけたとき、よく似た人だな、って思ったの」

と、夕子は言った。「年齢は違ってても、ここから、歩いてる横顔を見たわけですものね。間違えても無理はないわ」

「あの……俺……」

男があわててカフェから飛び出して行ったが、目の前には、原田刑事という壁が立ちはだかっていた……。


「朝一番で納めるはずだったコピー用紙が午後になる、と言いに来たんだ」

と私は言った。「ケータイにでもかけりゃ何ごともなかったのに、たまたま他の仕事で〈K物産〉の前を通ったんで、声をかけようと倉庫へ入って行った。そこに砂川夫人が村川を待ってたんだ」

「村川さんが来たかと勘違いしたのね」

と、夕子が言った。

「いきなり男に抱きついて、それから人違いと分って、あわてた」

と、私は言った。「自分が間違えたのに、夫人は男に『言いつけてやる！』って叫んだそうだ。黙ってろ、って言いたかったんだろうが、相手もカッとなった。会社へ言いつけられたらクビだ。――言い争いから、そのまま暴行に及んだ。弾みってのは恐ろしいな」

「そうね」

と、夕子が肯いて、「そして、たまたま村川さんと似ていた」

「しょっ中会ってるのに、似てるなんて、思ったこともなかった……」

と、村川が言った。

〈S企画〉のビルのロビー。

村川と里香が並んでソファにかけていた。

「でも、良かった」

と、里香が言った。「あのままだったら、あなたが犯人ってことになってたかもしれないわよ。奥さんと付合ってたんだし」

「後悔してる。部長にも詫びるよ。今度こそクビかな」

「でも、一つ勉強になりましたね」

と、夕子が言った。「『他人の空似』って、あるもんだってこと」

「ああ……。全くだ」

村川は里香を見て、「悪かった、お前を疑ったりして」

そこへ、

「やあ、どうも」

と、近藤がやって来た。

「社長！　すみません、もう午後のお約束が――」

「いや、大丈夫。――大変だったようですね、村川さん」

「はあ、どうも……」

村川は顔を上げられない様子で、「いつも里香がお世話に……」

「いや、沢口君がいないと、私は何時にどこへ行けばいいのかも分らないんですよ」

と、近藤が微笑んで、「今度、両方の家族で食事でもしましょう」

「恐れ入ります」

「社長」

と、里香が言った。「その食事代を経費で落とすのはやめて下さいね」

――優秀な秘書は細かいことにこだわるものだと私は思った。

夕子が秘書になったら？　――いや、仕事にならないだろう。

すぐどこかから「事件」を見付けてくるだろうから。

「どうしたの、ボーッとして」

と、夕子が言った。

「いや、君のことを考えてたのさ。遅いランチでもどうだ?」

「いいわよ」

と、夕子は肯いて、「経費で落ちる?」

女ともだち

女ともだち

1　炎上

聞き慣れた靴音が目の前で止ると、顔を上げる前に、

「行くのね」

と、言葉が出ていた。

「はい」

穏やかな、しかしきっぱりとした口調だった。「お世話になりました」

田《た》ノ倉初《くらはつ》は、やっとデスクの上のデザイン画から顔を上げると、

「残念だわ」

と言った。

「先生……」

小山信忍《こやましのぶ》は、ちょっと意外そうな表情になって、「充分お話しして、納得していただけたと思っていました」

「納得したわ。渋々ね」

田ノ倉初は、冷ややかな微笑を浮かべて、「でも、あなたとはずっと〈HATSU〉を支えて行くんだと信じてた。その気持を突然捨てるのは無理よ」

「それは……。でも、私にも私の生き方を決める権利が――」

「ええ、分ってるわ」

と、田ノ倉初は肯《うなず》いて、「だから、引き止めはしない。でも喜んで見送る気にもなれないの」

「残念です」

と、小山信忍は目を伏せたが、申し訳ありません、とは言わなかった。

謝るべきことではない、と思っていたからだ。私が詫びる必要はない。

「では、失礼します」

と、頭を下げて、小山信忍はクルリと田ノ倉初に背を向けて、社長室を出た。

――二十年。

十八歳から二十年、身を置いたデザインルーム。

もちろん、田ノ倉初と共に、〈ＨＡＴＳＵ〉ブランドを立ち上げたころ、オフィスは小さな三階建のビルで、デザイナーと呼べるのは、初と信忍二人しかいなかった。

今は――この十階建のモダンなビルの二つのフロアがデザインルームで、若手からベテランまで、数十人が働いている。

「チーフ、お疲れさま」

と、声をかけてくれる人もいるが、多くは信忍と目を合わさないようにしていた。

「――和也《かずや》さんは？」

と、信忍は訊いた。

「お出かけになりました」

「そう。――珍しいわね」

しかし、その方が気が楽だ。

「――私物は片付けてあるから」

と、信忍は言った。

「承知しています」

手を休めて言ったのは、〈ＨＡＴＳＵ〉に入社してから五年、ずっと信忍の下でデザインを学んで来た辻《つじ》ルミ子である。

「関連の業者さんには、全部連絡してあると思うけど。もし、何かあったら、いつでもケータイにかけてちょうだい」

「分りました」

「じゃあ……。元気でね」

と、信忍が大きめのバッグを持って、エレベーターへと歩き出すと、

「下まで」

と、辻ルミ子が足早に追いついて来る。

エレベーターで二人きりになると、

「お世話になりました」

と、ルミ子は深々と頭を下げた。

「ルミ子ちゃんは、私の教えた子の中でも一番よ」

と、信忍は言った。「いいデザイナーになってね」

「信忍さんのおかげです」

ルミ子は涙ぐんで、「初先生も、もっと信忍さんに感謝すべきですよ」

「でも、私がここまでやって来られたのは、何といっても〈HATSU〉ブランドがあっ

たからだわ」

「でも、パリやニューヨークの面倒な仕事はみんな信忍さんに押し付けて……」

「もう言わないで。私は心残りなことが一つもないわ」

一階でエレベーターを降りると、ルミ子は、

「信忍さん、本当はどうなんですか？」

と訊いた。

「何のこと？」

「初先生が、あちこちで言ってるんですよ。信忍さんが自分のブランドを立ち上げるんだって」

「耳にしてるわ。でも見当違いよ。他にやりたいことがあるの。それに……」

と言いかけて、やめると、「先生は、私の下にいたあなたのこと、気に入らないかもしれない。私の悪口を聞いても我慢してね」

「気が重いです、今から」

と、ルミ子は少し大げさにため息をついて、

「じゃ、ここで」

と、ロビーで足を止めた。

「頑張ってね」

と言って、信忍が行こうとすると、ルミ子が、

「あの――何か伝えることがあります？　和也さんに」

と訊いた。

信忍は即座に、

「ないわ」

とだけ言って、そのまま、ビルを出た。


いつもならタクシーにでも乗るところだが、

「ぜいたくはできないわ」

と、信忍は呟《つぶや》いて、地下鉄の駅を出ると、二十分ほどの道を歩き出した。

――十八歳の信忍にファッションデザインのセンスを認めて、

「二人で新しいブランドを立ち上げない？」

と誘って来たとき、田ノ倉初は三十八歳だった。

それからは寝る間も惜しんで働いた。初には和也という息子がいた。初はシングルマザーで、和也は信忍の七つ年下だった。

大学を出て、和也は母親の秘書として働き、〈HATSU〉ブランドが大きくなると取締役として事実上会社を動かすようになる。

しかし、二十代の若さで、和也はしばしば失敗をくり返し、そんなとき信忍を姉のように頼ってくるようになった。

信忍も、和也を弟のようなつもりで可愛がっていたが、その内、ちょっとした弾《はず》みで……。


「――あら」

自宅のマンションへと歩いている信忍を、消防車が派手なサイレンと鐘の音をたてながら追い越して行った。

「火事……。どこかしら?」

消防車は、二台、三台と連なって行く。信忍は少し心配になり、足を速めた。

もちろん……まさか、とは思うが。

――信忍は、マンションで母、智子《ともこ》と二人暮しだ。

その母が、昨年来、寝たきりの状態。

信忍が〈HATSU〉を辞めることにしたのは、その母の面倒をみなくてはならなかった、というのが、大きな理由だった。

「――そんな！」

マンションの見える所まで来て、信忍は愕然とした。

マンションの一室から、黒い煙が上っていた。――私の部屋だ！

「お母さん……」

信忍は青ざめた。部屋からは赤い炎が吹き出していた。


お母さん！　――信忍はマンションに向って駆け出した。

消防隊員が、マンションの玄関を入ろうとする信忍を体で遮《さえぎ》って、

「入れません！　危険です！」

と怒鳴った。

「通して下さい！　母がいるんです！」

「お母さん？」

「燃えてるの、私の部屋です！　母が一人で。母は寝たきりで動けないんです！」

信忍の叫びが、ロビーにいた隊員の耳に入ったらしい。

「部屋は〈４０３〉ですか？」

と、訊いて来た。

「そうです。母が一人で……」

「もう火が回ってますよ。捜して来ます。ここにいて下さい」

「お願いします！」

信忍は、階段へと駆けて行く隊員へ、「一番奥の部屋です！」

と叫んだ。

ああ……。どうしてこんなことに……。

信忍はよろけて、壁にもたれかかった。

「大丈夫ですか？　今、捜しに行ってますからね」

玄関に立っていた隊員が、子供に言い聞かせるような調子で言った。

「火事は——他の部屋も？」

と、信忍は訊いた。

「いや、延焼はしていないようです」

「じゃ、〈403〉だけが？　——おかしいわ、母は火なんか使わないのに」

「落ちついて下さい。今、外から消火を始めていますが、駆けつけたときには、もう火がベランダから吹き出している状態で……」

十五分ほどして、階段を上って行った隊員が戻って来た。信忍は、母のことを訊こうと思ったが、すすで顔を真黒《まつくろ》にして息を弾ませているその隊員の姿を見ると、何とも言えなくなってしまった。

「――すみません」

その隊員は、信忍の方へやって来るとそう言った。「もう火が……。奥までは入れませんでした……」

「そうですか」

信忍も、あの火の勢いでは、とても母が無事だとは考えられない。

「お母さん……」

信忍はもう一度呟くと、フラリとマンションの表へと出て行った。

2　疑惑

「失礼」

と、私が声をかけても、その女性は全く気付かない様子だった。

私はちょっと咳払いしてから、

「小山信忍さんですか？」

少し間を置いて、やっと顔を上げると、

「ええ……」

と、少しかすれた声で、「私ですが……。何でしょう？」

「警視庁捜査一課の宇野喬一といいます」

小山信忍は当惑した様子で、

「刑事さん？　どうして……」

「お母様のことは、大変お気の毒でした」

「恐れ入ります」

と、小さく肯く。「あの……」

「二、三、伺いたいことがありましてね」

「何でしょう」

と言ってから、小山信忍は、旅館の浴衣《ゆかた》の前を合せて、「こんな格好ですみません。ともかく何もかも焼けてしまったので」

「大変でしたね」

他に言いようもなく、私は手帳を開いた。

マンションの部屋がほぼ完全に燃えてしまったので、小山信忍は近くの古びた旅館に泊っていた。

「亡くなったお母様は小山智子さん、で間違いありませんね」

「はい」

「あのとき、マンションにお一人でおられたんですか？」

「そのはずです。――母はほとんど寝たきりで、トイレだけは何とか行っていましたが……」

「智子さんの寝ておられたのは、奥の部屋でしたか？」

「そうです。お風呂とトイレに近いので。あの――どうして刑事さんが？」

信忍は自分でいれたお茶を飲んでいた。「ああ、お茶も差し上げないで」

「小山さん」

と、私は言った。「お母様の智子さんは焼け死んだのではなく、殺されたのです」

「まさか……」

信忍は唖然《あぜん》として、「誰がそんな……」

「お心当りがないか、伺いたかったんです」

「そんなこと……。母を殺すなんて、そんな人がいるわけありません」

と言いつつ、刑事がこうして乗り出して来ているわけだから、間違いではないだろうと思った。

「じゃ、母は……本当に殺されたんですか？」

「確かです」

と、私は肯いた。「刃物で胸を刺されて」

「まあ……」

ただ呆然《ぼうぜん》とするばかり。

「しかもですね」

と、私は付け加えて、「智子さんは、居間で殺されていたのです」

「――何とおっしゃいました？」

「智子さんは居間のカーペットの上に倒れていたんです」

「そんな……。母はトイレまで行くのがやっとだったんです。居間にいたなんて……」

信忍はただ呆然とするばかりだった。

ここでは冷静に話をするのは難しいだろう、と私は思った。

「では、また改めてお話を――」

と言いかけると、

「信忍さん！」

と、声がして、若い女性が立っていた。

「まあ、ルミ子ちゃん」

信忍の表情が少し明るくなった。「来てくれたの」

「ニュースを聞いて、もうびっくりして……」

辻ルミ子と名のった女性は、信忍の手を固く握りしめて、「私がついてますから。ね、もう大丈夫ですよ」

「ルミ子ちゃん……。ありがとう」

信忍は涙をこぼして、「何もかも失って……。しかもお母さんまで……」

「今、聞いてました。何てひどい奴がいるんでしょうね」

と、ルミ子という女性は言った。

「あの――この子は、〈HATSU〉のデザインルームで、私の助手をずっとやってくれていたんです」

「まあ、あの〈HATSU〉ブランド！」

と、もう一人、若い女性の声がして、こちらは私のよく知っている永井夕子がやって来たのだった。

「辻ルミ子さんの着ているの、〈HATSU〉ブランドですよね」

と、夕子が言った。

「はい。信忍さんのデザインです」

「私、とても好きですよ、〈HATSU〉の服」

と、夕子は言った。「もしかして、小山信忍さんですか？　私、永井夕子といって、この警部さんの姪です。〈HATSU〉の中で評判のいいものは、ほとんど小山信忍さんのデザイン、と聞いたことがあります」

「まあ、ありがとうございます」

信忍の顔に、わずかな笑みが浮んだ。そして、辻ルミ子の方へ、

「あなた、戻らなくていいの？　忙しいでしょ、今は」

「大丈夫です！　どうせあと少ししたら徹夜することになるんですもの」

「大変なときに抜けてしまって、ごめんなさいね」

「そんなこと！　お母様の介護だったんですね。そう言えば良かったのに」

「個人的なことですもの」

夕子は事件のことを私に説明させると、

「確かにふしぎですね」

と言った。「寝たきりだったお母様が、何かの理由で居間へ行かれたんですね」

「そんなことが……」

信忍はそう言って、「ルミ子ちゃん、とりあえずだけど、どこかビジネスホテルを取ってくれない?」

信忍は、少し自分を取り戻した様子だったので、私はホッとした。

しかし……。

それからひと月後、小山信忍は、母、智子を殺して自宅に放火した、という疑いで逮捕されたのである。


「ええ、カッとなると抑えのきかないタイプでした……」

「そうですね。表向き、後輩思いで、人に好かれてました。でも本当はとても冷たいところがあって……」

事件直後の取材に、信忍をほめていた人たちが、しばらくすると、てのひらを返したように、悪口を言い始めたのである。

「――逮捕だなんて」

と、夕子は不機嫌な口調で、「ちゃんとした証拠のある話なの?」

「そう言われても……」

私も、まさかこんな展開になるとは思っていなかった。しかし、私は一年前に起った殺人事件に新たな証言が出て、そちらの担当になっていたのだ。

「僕が逮捕したわけじゃないぜ」

「分ってるけど……。でも、ちゃんと責任持ってよ、最後まで」

「といっても……」

「いいわ。今担当してる事件は、もう足で駆け回るってことはないんでしょ？　それなら、余った時間に、信忍さんの事件を調べればいいわ」

「おい……」

それじゃ、いつ寝ればいいんだ？　――そう訊きたいのを、私は何とかこらえた。

「ともかく、今夜は空けといて」

と、夕子が言った。

「今夜？」

「夜中の十二時に、あの辻ルミ子さんと会うことになってるの」

「十二時……」

やれやれ、と思いつつ、夕子には逆らえない私だった……。

3　微妙な関係

真夜中を少し過ぎて、二十四時間オープンのコーヒーショップに現われた辻ルミ子は、一人ではなかった。

「すみません、こんな時間に」

と、ルミ子は席について、「今、次のイベントに向けて、準備が大変なものですから」

そして、ちょっと落ちつかなげにしているスーツにネクタイの男性の方へ目をやると、

「あの……田ノ倉和也さんです」

と言った。

「どうも……」

と、その男性は小声で言った。

「田ノ倉さんって……。〈HATSU〉ブランドの田ノ倉初さんの……」

「息子さんです」

と、ルミ子は言った。「〈HATSU〉の経営面は今、この和也さんが担当しているんです」

「そして……ルミ子さんは……」

「あの……私、和也さんと婚約しています」

と、ルミ子はちょっと言いにくそうに、「初先生にはまだ内緒なんですけど」

「どうして隠すんですか？」

と、夕子が訊いた。「お二人とも大人なんですし……。和也さんが、お母様にはっきり言ってあげなくては」

「ええ、分ってるんです」

と、和也は肯いて、「ただ、このひと月、ニューヨークへ行っていて、向うでは、デパートにブランドを入れる話で、凄く忙しかったんです」

「一人で飛び回って、大変だったんですよね」

と、ルミ子は言った。「それに、今のイベントが終ったら、ちゃんと話してくれることになってるんです。そうよね？」

「うん、もちろんだよ」

と答えつつ、和也の顔に浮んだのは、「今でなくてもいい」という安堵《あんど》の色だった。

「それで、ルミ子さん――」

「ええ、信忍さんのことです。一体どうしてあんなことになったんでしょう？　まさか信忍さんが本当に――」

「母親と言い争っていたという証言があったようでね」

と、私は言った。

「そりゃあ、信忍さんだって、時にはお母さんと言い争うことぐらいあったでしょう。誰だって、親子喧嘩ぐらいしますよね」

「まあ、当人はもちろん犯行を認めてはいないがね」

「ルミ子さん、誰か犯人に心当りはないんですか？」

「前にもお話しした通り、少しも……」

私は、そのルミ子の言葉を聞いた和也が、フッと視線をそらすのを見た。

もしかすると……。

しかし、夕子はもっと目ざとく、そこに気付いていた。

「もしかして、信忍さんとお付合されていたのでは？」

と、和也に訊いたのである。

和也はちょっと口ごもっていたが、

「そういう時期も……その……」

「私も知ってるもの。ちゃんとお話しして」

と、ルミ子は言って、「確かに、一時期、信忍さんは和也さんと付合っていました。

――そのことで、お母さんと喧嘩になったとは聞いています」

「それは、お二人の付合に、小山智子さんが反対していたということですか？」

「ええ、そうなんです」

と、和也が肯いて、「智子さんは、娘の信忍さんが、〈HATSU〉から独立するべきだと考えていたんです。それで、僕との付合を知ると、ひどく怒って、『娘をいつまでも自分の所につなぎとめておこうとしてるのね！』と、罵《のの》られました」

「それで別れたんですか？」

「その点は――」

と、ルミ子が言った。「信忍さんも本気じゃなかったと思います。割とアッサリ引き下ってしまって、和也さんはショックを受けていましたが」

「信忍さんから見たら、僕は頼りなく見えたんでしょう」

と、和也は苦笑まじりに言った。

「でも、宇野さん、信忍さんはお母さんを殺すなんてこと、するはずがありません。何とか助けてあげられないんでしょうか」

と、ルミ子は身をのり出して言った。

「いや、はっきりした証拠があるのかどうか、その辺のところは――」

と言いかけたとき、店の入口へ目をやった和也が目を見開いて、

「母さん！」

と言った。

スーツ姿の、威圧感を感じさせる女性が私たちの席へと足早にやって来ると、

「どういうことなの？」

と、咎《とが》めるように言った。「ルミ子、あなたは何を考えてるの！」

「初先生……。あの……私……」

「母さん、彼女を責めないで。僕が黙ってたのがいけないんだ」

「和也、お前……」

田ノ倉初はルミ子と和也をにらんで、「いつの間に、そんなことになったの？」

「先生、今度のイベントが終ったら、ちゃんとお話しするつもりでした」

「そうなんだ。僕らは愛し合ってるんだよ」

初は私を見て、

「警察の人？　信忍は私を裏切ったのよ。私たちはずっと仲間としてやって来た。でもあの人は私たちの財産だったデザインの数々を盗んだ」

「先生、それは違います。信忍さんはそんなことを——」

「ルミ子。あなたには自分の仕事があるでしょう」

と、初はぴしゃりと言った。「それをちゃんと果してから、言いたいことがあれば言いなさい」

「はい……」

と、ルミ子は目を伏せた。

「和也！　帰るわよ」

「うん……」

「今度のショーの経費については、まだ決ってないことがいくらもあるでしょう」

「それはニューヨークでの商談が長引いたから――」

「今夜、徹夜で予算を立てなさい。行くわよ！　車が待ってる」

「分った」

和也が席を立つ。

「ルミ子、あなたも一緒に」

「はい、先生」

そう言われると逆らえないのだろう。ルミ子も立ち上った。

「失礼ですが」

と、夕子が言った。「〈ＨＡＴＳＵ〉ブランドの田ノ倉初さんですね」

「ええ、それが何か？」

「このお二人のコーヒー代をまだいただだいてないんです。合せて八百円、払っていただけますか？」

初は面食らったように夕子を見ていたが、

「和也、払いなさい」

「うん。それじゃ――」

和也が千円札を置くと、夕子は、

「ちょっと待って」

と、小銭入れを取り出して、「はい、二百円、おつり」

と、和也へ渡した。

三人が店を出て行くのを見送って、

「どうしてコーヒー代にこだわったんだい？」

と、私は夕子に訊いた。

「ああ言ったら、誰が払うかな、と思ったの」

「それに何か意味があるのか？」

「たぶんね」

と、夕子はちょっと思わせぶりに言った。

「ね、凶器の刃物は見付かったの？」

「台所にあった包丁を使ったと思われてたが、そうじゃなかったようだ」

「それじゃ――」

「ハサミを使ったと分ったよ。布を裁断するのに大きめのハサミが置いてあって、それが凶器だったようだ」

「つまり、犯人は凶器を用意して来ていなかったってことね」

と、夕子は言った。

「もし信忍が犯人なら、それが自然だろうな」

夕子は首を振って、

「あの人が、カッとなって母親を殺す？　とてもそうは思えないわ」

「しかし――」

「調べてほしいことがあるの」

と、夕子は言って、「もったいないから飲んで行こう」

と、カップに残っていたコーヒーを飲み干した。

4　イベント

ホテルの大宴会場に、テンポのいい音楽が流れている。

七つのブランドが、それぞれに工夫をこらした展示をして、大勢の客を集めていた。

むろん、その一つが〈ＨＡＴＳＵ〉ブランドだ。

会場の中央にスペースがあり、そこで各ブランドがショーを見せるのだった。

しかし、いずれにしても私には縁のない世界である。

夕子に引張られてやって来たものの、何とも「浮いた」存在であることははっきりしていた……。

いや、会場に男性がいないわけではない。一般の、ファッションショーを見に来た女性たちの他に、一見して業界の人間と分る格好の男たちも大勢やって来ていた。

派手な色のジャケット、髪を七色に染めた中年男もいる。その中で、私が格別地味だったことは確かである。

「──まあ、宇野さん」

辻ルミ子が人の間を縫ってやって来ると、

「夕子さんも、おいでいただいて嬉しいわ」

「たまにはこういう世界も覗いてみようかと思ってね」

と、私は言った。

「このブランドの次が〈HATSU〉のショーなんです」

と、ルミ子は言った。「すみません、今、準備でてんてこまいで」

「どうぞ、私たちのことは気にしないで」

と、夕子が言うと、

「じゃ、失礼します！」

と、ルミ子は駆け出して行ってしまった。

十分ほどすると、

「では続きまして、大勢の固定ファンに支持されております、〈HATSU〉ブランドです！」

と、司会者が声を張り上げる。

モデルたちが、次々に新作を着て現われる。

その都度、拍手が起って、このブランドの人気を裏付けていた。

夕子は、といえばスマホを手に、次々に出て来るモデルたちを撮っていた。

「そんなにファッションに興味があったっけ？」

と、私が訊くと、

「そりゃあるわよ。優しい恋人にはとても手がでないでしょうけどね」

「おい……。スカーフ一枚ぐらいなら買うぞ」

「無理しないで」

と言いつつ、夕子はモデルを撮り続けていた。

——一旦《いったん》、〈ＨＡＴＳＵ〉ブランドのショーが終ると、田ノ倉和也が私たちを見付けてやって来た。

「やあ、どうも！」

今日はかなり舞い上った状態らしく、頬を赤くほてらせて、汗が首筋を伝っている。

「暑そうですね」

と、夕子が言うと、

「ええ、でも、ビジネスの取引先と話をしないといけないので、こうしてちゃんとスーツを着てるわけですよ」

と笑って言った。

「大変ですね」

と、夕子は言った。「私たち、適当に失礼しますから、お気づかいなく」

「そうですか。それじゃ、こちらも失礼して……」

和也は、またせかせかと行ってしまった。

「――まだ見て行くのかい？」

と、私が訊くと、

「いいえ、もう充分」

夕子は息をついて、「ね、小山信忍さんと会えるように、連絡しといて」

と言った……。


「もうだめだ！」

と、喘《あえ》ぐように言って、和也はエレベーターに飛び込むような勢いで乗ると、スイートルームのフロアのボタンを押した。

「和也さん――」

一緒について来たルミ子は、バッグからタオルを取り出して和也へ渡した。そのタオルを、引ったくるようにつかむと、和也は顔と首筋の汗を思い切り拭《ぬぐ》った。

「早く着かないか！」

と、和也は怒鳴るように言った。「このエレベーター、遅いんじゃないか?」

「辛抱して。もう少しよ」

やっと目指すフロアに着くと、扉の開くのも待ち切れない様子で、和也はエレベーターから飛び出した。

「待って! ちょっと——」

ルミ子があわてて後を追う。

「急いでくれ! ルームキーは君が——」

「今、開けるわ」

カードキーでドアを開けると、和也はスイートルームの中へ駆け込んで行き、奥のベッドルームへ。その間に上着を脱ぎ捨てていた。

そして、ルミ子がその上着を拾い上げると、和也はもうズボンを脱ぎ、ワイシャツを、ボタンが引きちぎれるような勢いで脱ぎ捨てた。

「——凄い汗」

ルミ子は、テーブルに用意してあったミネラルウォーターをグラスへ注いだ。

「飲んで! 脱水症状を起すわ」

渡したグラスの水を一気に飲み干すと、

「もう一杯くれ」

と、和也は言って、ベッドに腰をおろした。

「大丈夫？　あんまり飲んでも、却《かえ》って良くないのよ」

「どうなってもいい！　ともかく暑いんだ――」

「クーラーが入ってる。ともかく汗を流さないと、風邪ひくわ」

「分ってる。だけど……」

「痛むでしょうね、まだ」

と、ルミ子は言った。「痛み止めを持ってるわ。もうビジネスの話はしないでしょ？　眠くなっても大丈夫ね」

「ああ……。シャツもびしょびしょだ」

と、和也は言って、「乾いたタオルをくれ。頭が汗で……」

「バスルームから持ってくるわ」

と、ルミ子がバスルームの方へ急ぐと――。

ルミ子が開ける前に、バスルームのドアが開いた――。

「――お邪魔してるよ」

と、私は言った。

ルミ子が立ちすくんでいる。

和也が立ち上って、

「人の部屋で何してるんだ！」

と叫んだ。

「暑い中でも上着を脱げなかったんですね」

と、夕子が言った。「火傷《やけど》の痕を隠さなきゃいけなかったから」

和也は包帯を巻きつけた腕や上半身をタオルで空《むな》しく隠そうとしていた。

「――お二人の話、それに初さんも加わったときも、皆さんがいやにニューヨークでのビジネスの話を強調されるな、と思ったんです」

と、夕子は言った。「宇野さんが調べました」

「いつもかかっているM大病院の教授の紹介で、ニューヨークの病院に一か月入院して火傷の治療と痕のケアをしたことが分ったよ。小山智子さんを殺したとき、火事を出してしまい、火傷を負って逃げ出したんだね。凶器のハサミから、何とか指紋が採れたんだ。君の指紋と一致するはずだ」

和也はまるで水を浴びたように汗で全身を濡らしながら、床に座り込んでしまった……。

「どうなの？　大丈夫？」

と言いながら、田ノ倉初がスイートルームに入って来た。

そして、ソファに座っている私たち――私と夕子、そして小山信忍を見て立ちすくんだ。

「息子さんとルミ子さんは奥のベッドルームです」

と、私は言った。「医師を呼んで、和也さんの火傷の痕を手当してもらっています」

「信忍さん……」

「先生」

と、信忍が言った。「今日のショーに出た新作の写真を見ました。ほとんど私のデザインしたものですね。私、スケッチブックをマンションに置いていました。和也さんに写真に撮らせたんですね」

「何を言うの！」

と、初は強い口調で言った。「あれは全部私のデザインよ！」

「先生……」

「あなたの手もとには何も残ってないでしょう。あなたのデザインだって証拠はないわ」

「――もうやめようよ、母さん」

と、ワイシャツをはおった和也がベッドルームから出て来た。

「和也――」

「あのコーヒーショップで、お二人の話を聞いていると、信忍さんをかばっているかのようで、その実、信忍さんを犯人だと印象づけようとしていたんです。この人たちは何か隠そうとしてる、と思いました。しかも、初さんがいいタイミングで現われた。もちろん、ルミ子さんと和也さんのことはとっくに承知していたんですね。でも、あそこで私たちの注意をそらそうとした。二人の仲から――和也さんとルミ子さんでなく、初さんと信忍さんの二人です」

「先生」

と、信忍は言った。「二人で一緒にやって来たのに、どうしてあんなこと……。私は辞めても、〈ＨＡＴＳＵ〉の力になりたいと思ってました。でも、母が寝たきりになって、大きなイベントのお手伝いができなくなるので、辞めたんです」

「あなたは〈ＨＡＴＳＵ〉を潰そうとしてたでしょう」

「まさか！　自分のブランドを立ち上げるつもりなんて、全くなかったんです」

「母は君を信じなかった」

と、和也が言った。「そして、今度のイベントでも、どうしても今一つ目立つデザインが出て来なくて悩んでたんだ」

「だからって、お母さん――」

「知らなかったんだ！」

と、和也は言った。「母親の面倒をみるというのは口実だと思った。あのマンションの合鍵を、こっそり作って、忍び込んだ。誰もいないと思い込んでたんだ。――仕事部屋にデザイン画のスケッチがあるのを見て、喜んで写真に撮ってると、突然、君のお母さんが飛びかかって来た」

「ほとんど動けなかったお母さんが――」

「びっくりして、とっさにテーブルの上にあったハサミをつかんでた。――殺す気なんかなかったんだ……」

信忍が両手で顔を覆った。――和也は息をついて、

「デザイン画を持ち出そうと思ったけど、血が飛んでいた。燃やしてしまえば分らないと思って、テーブルの上で、それだけ燃やそうと思った。ところが火がカーテンに燃えうつってしまった。あわてて消そうとしたけど、今度は自分の服に火がついた。――ドジなんだよ、僕は……」

ベッドルームでルミ子が泣くのが聞こえて来た。

初は、体の力が抜けたように、ソファに座り込むと、

「和也の罪は、親の私の罪よ」

と言った。「この子は許してあげて」

「もう子供じゃありません」

と、私は言った。「ちゃんと自分のしたことは分ってるはずです」

「母さん……。ごめん」

と、和也は言った。

奥から医師が出て来て、

「もう少し入院しての治療が必要ですね」

と言った。

「分りました。後で打ち合せましょう」

廊下にいた刑事たちが入って来る。

「もう終りね」

と、初が言った。「こんなことで……。残念だわ」

「先生……」

「どうかしてたのね。今のブランドを守ることしか考えなかった。もっと若い人を育てて、あなたなしでもやっていけるようにしておけば、こんなことには……」

初は立ち上って、「息子に、デザインを盗んで来いと命じたのは私です。信忍さん、お母さんのこと、本当にごめんなさい」

と、深々と頭を下げた。

「――先生」

と、信忍は言った。「〈HATSU〉は私が守ります」

初は目を見開いて、

「信忍さん……」

「スキャンダルになるのは避けられません。でも、〈HATSU〉ブランドを愛して下さってるお客様も、そこで働いてる人も……。その人たちには何の責任もありません」

「信忍さん……」

「仲間じゃないですか。二十年もやって来たんです。――ルミ子ちゃん」

「はい」

と、ルミ子が出て来て、「本当ですか、信忍さん?」

「嘘をついたことは反省しなさい」

「はい」

「今日のショーで受注した分は、つかんでる?」

「僕のスマホに入ってるよ」

「じゃ、その分を間違いなく届けると連絡して。事件のことは、こちらから公表しましょう」

「分りました」

と、ルミ子は肯いた。

信忍はため息をつくと、

「また忙しくなるのね……」

と呟いた。

「——そうだわ」

と、初が思い出したように、「何となく気になってたんです。——夕子さん、でしたっけ？　あそこで、どうしてコーヒー代を払わせたんですか？　八百円が惜しかったとも思えないし」

「ああ」

夕子は肯いて、「きっと和也さんに払わせるだろうと思って。それも千円札でね。あのお札に和也さんの指紋がしっかり付いてたんですよ」

と言った。

幽霊認証局

幽霊認証局

1　〈千の目〉の町

「ずいぶん変ったＰＲね」

その駅で列車を降りると、夕子は言った。

「何だい？」

私はバッグを手に、欠伸《あくび》をして、「ここんとこ寝不足だったからな」と言って、その駅のホームを見渡した。

観光シーズンではないせいもあるだろうが、他に降りた客はいないようだった。

「ホテルは駅の近くなんでしょ」

と、夕子は言った。

「そのはずだ。迎えに来ると言われたが、歩いても五、六分だというから、必要ないと言っておいたよ」

「ともかく、改札を出ましょ」

と、夕子は言った。

あれか。――夕子が、「変ったPR」と言ったわけが分った。

改札口の上に掲げられたパネルに、〈歓迎！　千の目の町へようこそ！〉とあったのである。

〈千の目の町〉？　何のことだ？

小さな温泉町だが、駅は新しく作り直したのか、ずいぶんモダンにできている。

とはいえ、もちろん、駅ビルなどというものはなくて、小さな土産物の店と、ソバ屋が一軒並んでいるだけだ。

秋の終り、地方によっては、紅葉がみごとだろうが、そんな所は観光客で溢れているに違いない。

警視庁捜査一課で多忙な私、宇野喬一警部としては、若い恋人、女子大生の永井夕子と二人で、のんびりできればそれで充分。温泉はあるものの、紅葉の名所とは縁のない、このN町へやって来たのである。

駅を出ても、商店街というほどの店もなく人の姿もほとんど見えない。

「よくやっていけるわね。この寂しさで」

と、夕子が感心したように言った。

すると、ワゴン車が一台、スッと寄って来て停った。

「――宇野さん！」

と、運転席から顔を出したのは、ジャンパー姿の男で、「お迎えに来ましたよ！」

「君は……」

「武田《たけだ》です。兄が以前お世話になった」

「ああ、そうか。じゃ、迎えに来ると言って来たのは君だったのか？」

「ええ。この町の役場に勤めていますのでね。貴重なお客様をホテルまでお送りするのが仕事でして」

「ご苦労さん。じゃ、せっかくだから乗せてもらおうか」

と、私は言った。

「荷物は後ろの座席へ。――永井夕子さんですね。兄からお噂は。名探偵のおいでとは光栄です」

町役場の人間にしては、愛想がいい。

三十代の半ばくらいか、頭が大分禿げ上っているところは、かつて部下だった兄とよく似ている。

車は駅前の通りを真直《まっす》ぐに進んで行ったが——。

「歩いて五、六分じゃなかったのか？」

と、私は言った。

「すみません。どこの旅館も、徒歩五分ということになっていて」

車は川にかかった鉄の橋を越えて、かなり山の中へ入って行く。

「それより、武田さん」

と、夕子が言った。「駅にあった、〈千の目の町〉って、何のことですか？」

「あれですか……」

武田はちょっと迷ったようだったが、「お話ししておいた方がいいでしょうね」

と言うと、車を道の端へ寄せて停めた。

そして、

「ちょっとお待ちを」

と言って、何やら手もとのパネルをいじっていたが、「——これでいい、と」

「武田さん、もしかして、今、車の中の監視カメラとマイクのスイッチを切ったんですか？」

夕子の言葉に、武田は運転席から振り返ると、

「さすが名探偵。よくお気付きでしたね」

「駅のホームに降りたときから、あちこちに監視カメラがあるのに気付いてました。たぶん、〈千の目の町〉って、町中に監視カメラがある町ってことなんですね」

「おっしゃる通りです」

と、武田は肯《うなず》いて、「こんな山の中の道路にもカメラがありますし、お泊りの〈Kホテル〉にも……」

「犯罪の多い大都会でもないのに、どうしてそこまで？」

と、私は訊いた。

「それは、町長の弓削《ゆげ》さんの強い意向で。弓削さんは〈Kホテル〉のオーナーでもありますが、五年前、娘のゆかりさんが誘拐されたんです」

「そんなことが……」

「犯人は〈Kホテル〉の従業員だった、尾形《おがた》という男で。——幸い、ゆかりさんは無事でした」

と、武田は言った。「しかし、ゆかりさんを見付けるまで丸三日かかり、弓削さんはど

んな犯罪が起っても、犯人を追跡できるようにしようと、町長として、町中に監視カメラを設置すると決めたんです。費用のほとんどはご自分が出して、二度と娘と同じような目にあう子が出ないようにと……」

「犯人の尾形という男は捕まったんですか？」

と、夕子が訊いた。

「死にました」

と、武田は言った。「逃亡しようとしたんですが、警察に追い詰められて、車ごと崖から遥か下の急流に落ちたんです。車は大破して流され、尾形の死体も見付からなかったんですが。――ともかく、それ以来、この町ではコソ泥一人出ていません」

「なるほど……」

私はどうも複雑な気分だった。

今、都会でも、町中に監視カメラが溢れている。しかし、犯罪の防止や捜査の役に立つ一方で、誰もがその行動を見張られているということにもなる。

プライバシーという国民の権利を、簡単にカメラに委ねてしまっていいものか。

ともかく、再び車は走りだし山の中を抜けて、五分ほどで〈Kホテル〉に着いた。

「――いらっしゃいませ」

迎えてくれたのは和服姿の女将で、ホテルはモダンだが、中の雰囲気は温泉旅館という感じだった。

「女将の弓削敦子《あつこ》でございます」
四十五、六だろうか、華やかな印象の女性だ。
「主人がご挨拶したいと申しておりましたが、あいにく所用で隣町に行っておりまして」

弓削町長の妻だったのである。

「お世話になります」

と、夕子が言った。

「まあ、どうも。武田から伺っておりますわ、お二人のご活躍を」

と、敦子は愛想よく言った。「――ゆかり、ご挨拶なさい。東京からみえた宇野警部さんよ」

シンプルな、セーターとスカートの女性がやって来ると、

「どうも……」

と会釈《えしやく》だけして、行ってしまった。

「すみません。愛想のない子で」

と、敦子は苦笑して、「武田さん、お二人をお部屋へ」

——広い洋室だが、畳の部屋もあり、都会のホテルと変らない作りだった。

二人になると、夕子が言った。

「あの娘さん、どう見ても二十二、三だよね」

「そうだろうな。誘拐されたのが五年前ということは……」

「十七、八にはなってたでしょ。それって、誘拐じゃなくて、駆け落ちだったんじゃない？」

「確かにな」

と、私は肯いた。

「それに、『警部』って聞いたときの、ゆかりさんの目」

「うん。明らかに敵意があった」

「どうやら、〈千の目の町〉も、色々と難しい事情を抱えているようね」

「何か事件が起きなきゃいいがね」

と、私は言ったのだったが……。

2　訪問者

「あら、警部さん」

ロビーのソファに寝そべっていたのは、弓削ゆかりだった。

私は大浴場でひと風呂浴びて戻るところだった。もちろん各部屋にも浴室が付いているが、せっかくの温泉だ。

「やあ」

私は少しロビーで涼んで行くつもりだった。

「ゆかり君だったね。僕のことは、役職でなく、宇野って名前で呼んでくれないかな」

「どうして？」

と、ゆかりは意外そうに、「警部さん、の方が偉そうでいいんじゃない？」

「ちっとも偉くなんかないよ。警官は君のような、普通の人たちのために働く従業員だ」

ゆかりは少しして笑うと、

「珍しい人ね」

と言った。「もっとも、うちの父は、町役場のお役人を使用人代りに使ってるけど」

「確かに。君のお母さんが武田君を従業員だと思ってるらしいので、びっくりしたよ」

「武田さんのこと、知ってるの？」

「彼の兄さんが、以前部下だったことがあってね」

「へえ。――でも、いい人よね、武田さん。この町の住人にしては珍しく」

皮肉めいた口調だった。

私は浴衣姿でソファに寛《くつろ》ぐと、

「ゆかり君は今、何をしてるんだい？」

と訊いた。

「ご覧の通り」

と、寝そべったまま、「何の役にも立たない、ぐうたら娘よ」

「ご両親にとっては、大切な宝物なんだろう」

と、私は言った。「お父さんはそう言ってたよ」

私たちが部屋で落ちつくと、間もなく、このホテルのオーナーで、町長の弓削啓助《けいすけ》がわざわざ挨拶に来た。

今年六十歳というが、がっしりした体つきの、自信に溢れた印象の男性だった。

「宝物ね」

と、ゆかりは苦笑して、「だから、ガラスのケースにしまい込んで、鍵をかけておくんだわ。それも防弾ガラスのケースにね」

「君はもう二十歳を過ぎてるんだろう。町を出て、一人暮しをしたらどう？」

「ありがとう。――宇野さんだから、そんなこと言っても大丈夫だけど、他のお客だったら大変よ。ホテルから叩き出されるわ」

このロビーにも、監視カメラがあることはむろん分っていた。おそらくマイクも、どこかに仕掛けられているのだろう。

「――お話が弾《はず》んでるみたいね」

と、夕子がやはり湯上りの浴衣姿でやって来た。

「お二人、不倫じゃないんですってね」

と、ゆかりが言った。

「ええ、れっきとした恋人同士。それも妙か。不倫の恋だって、恋には違いないものね」

と、夕子は言った。「いくらあなたのお父さんが頑固な人でも、浮気のお客を追い出しはしないでしょ」

「そりゃ、商売ですものね」

「それで――ね、ちょっと訊きたいことがあるのよね」

と、夕子は言うと、座ったソファの後ろへ手を回し、「――マイクをタオルでくるんだから大丈夫」

「どうしてそこにマイクがあるって――」

「刑事を恋人に持ってると、色々詳しくなるの」

ゆかりは起き上って、

「訊きたいことって？」

「五年前の誘拐事件について。部下に調べさせた」

と、私は言った。「実際は、尾形尚之《なおゆき》君との駆け落ちだったんだね」

「ええ」

と、ゆかりは肯いた。「でも――私のせいで、あの人は死んだ。私は一生、その罪を負って行くことにしてるの」

「話では、尾形君は車で逃げて、崖から落ちたそうだが」

と、私は言った。「当時の記録には残っていないようだ」

「警察の人も、父の言いなりなのよ。あのとき、私は逃げられないと分ったので、彼の車から降りた。彼が町から追い出されて、それで済むと言われたから。でも……」

「それじゃ終らなかったのね」

と、夕子が言った。

「ええ。――町の人たちが、彼の乗った車を、トラックや大型車で押して、崖の下へ落としたのよ」

と、ゆかりは声を震わせた。「パトカーは、すべてが終ってからやって来た……」

「そして、あなたのお父さんは、町中を監視カメラで見張れるようにした。――あなたのためめに？」


「父は町の安全のため、と言ってるけど、第一は私を監視するためだわ」

と、ゆかりは言った。「私は見えない檻《おり》の中の動物なの」

「でも、その気になれば……」

と、夕子が言ったときだった。

ホテルの正面にパトカーが横づけすると、警官があわてた様子で降りて来た。

何ごとかと見ていると、

「町長さんは！　弓削さんはおいでですか！」

と、大声で言った。

「どうしたの？」

敦子が奥から出て来た。「主人は今、来客で――」

「監視カメラです！」

「カメラがどうしたの？」

敦子は、警官が私たちのことを気にしているのを見て、「この方たちは大丈夫。東京の警視庁の方よ」

「そうですか。いや……実は駅のカメラに、サングラスをした、怪しげな男が映っていまして」

「職務質問したんでしょ？」

「それが——消えてしまったんです」

「消えた？　そんな馬鹿なことが！」

「本当なんです。それで、その男の映像を見た者の中に、よく似てる、と言い出す者がおりまして」

「似てるって、誰に？」

「はあ……。もちろん、単なる見間違いか、他人の空似に違いないと思うのですが」

「何よ。言ってることがさっぱり分らないじゃないの。その男が誰に似てるって？」

「はあ……。五年前に死んだ、尾形と似ていると……」

それを聞いて、

「何ですって！」

と、ゆかりが立ち上ると、「その映像を見せて！」

「いけません！」

と、敦子が叫ぶように言った。「あの男は死んだのよ。今さら現われるわけが——」

「怖いの？　お母さん、怖いんでしょ。あの人が仕返しに来たと思って」

「何ですか！　私は何も仕返しされるようなことはしていませんよ！」

しかし、敦子は、言葉とは裏腹に、明らかに動揺していた。

「ここでもめているより、尾形をよく知っている人が、監視カメラの映像を実際に見た方が早いでしょう」

と、私は言った。「何なら、私たちも立ち合うようにしましょう」

「そうしていただければ……」

敦子は、私が刑事だというので、自分たちの味方だと思い込んでいるのだ。

監視カメラの映像は、駅前の〈認証センター〉なる建物に集まるとのことで、私と夕子は着替えてくると、ゆかりと一緒にパトカーで駅前へと向った。

ついて来るだろうと思った敦子は、

「主人を待たないと……」

と言って残った。

「来客」のはずだったが、弓削自身が出かけているらしい。

パトカーを駅前の白い建物の前につける。

三階建のその建物には何の表示も出ていなかった。

「本来は〈認証センター〉という看板をかけるところですが」

と、警官が言った。「弓削さんが、『そんなものを出しといたら、過激派に狙われる』とおっしゃったもので……」

建物の中へ入って、驚いた。――二重の意味で、だ。

監視カメラは何千台あるのか知らないが、広い部屋の壁面一杯にモニター画面が並んでいる。しかし、それをいちいち見てはいられないだろう。

「設備は凄いわね」

と、夕子が言った。

「そうだな。――確かに」

しかし、その立派な設備を管理している人間たちは……。ザッと見たところ、十数人はいるようだが、ほとんどが椅子にかけて居眠りしているか、パソコンでゲームをしているか……。

誰もモニターを見ていないのだ。

「そりゃ、飽きるよね」

と、夕子が言った。

「で、そのサングラスの人の映像は？」

と、ゆかりが言った。

「こちらです」

データが保管されている装置のモニター画面をいじると――確かに駅のホームから改札口を出てくるサングラスの男が映っている。

「――どう？」

と、夕子が訊く。

ゆかりはじっとその映像を見つめていたが、

「――分らないわ」

と、息をついて、「似てるとは思うけど……。サングラスで、顔がよく分らないし、それに、もう五年たってるんですもの。彼が生きてるとは思えない」

「カメラは至る所にあるんだから、当然この人の動きを追いかけられるんでしょう？」

と、夕子が訊いた。

「は……、それが……カメラも、数が多いものですから、故障もしばしば……」

「じゃ、この男性は、ちょうど故障したカメラの方を通ったというわけですか？」

と、私は言った。

「今、どこにいるのかしら？」

と、ゆかりが言った。「それも分らないの？　〈千の目〉なのに」

「はあ……、色々とありまして」

と、警官はなぜか口ごもっている。

私のケータイが鳴った。


「ここです」

と、武田が手を上げて見せた。

「どうも」

と、私は言って、夜の公園を見回した。「ここはどこなんだ？」

駅から線路沿いに五分ほど歩いた場所だ。人気《ひとけ》のない寂しい所で、少し離れて、白いアパートのような建物が見えていた。

「この辺も、カメラはあるんでしょ」

と、夕子が言った。

武田は、私と夕子だけをここへ呼んだのである。

「あります。ただし――作動していないだけで」

「どういうことだ?」

「それはつまり……」

と、武田が口ごもりつつ話したことに、私も夕子も唖然《あぜん》とした。

3　隙間

「大変です!」

あわてふためいた様子の警官がホテルの玄関に駆け込んで来たのは、ダイニングルームで朝食をとっているときだった。

玄関からすぐ近くのダイニングルームには、

「何よ、お客様が朝食を召し上ってるところよ!」

と、敦子が文句を言っているのも聞こえて来た。

「はあ、しかし――あの――町長様は」

「主人に用なの？」

「といいますか、その……」

「はっきりして！　何だっていうの？」

少し間があって、警官が言った。

「殺人事件です」

「まあ」

私と夕子は顔を見合せると、コーヒーを一気に飲み干して席を立った。

「――どうしたんです？」

と、私が出て行くと、ゆうべ〈認証センター〉に一緒に行った警官だった。

「あ、警部殿！」

「太田《おおた》さん――だったかな？　殺人事件とは、どこで？」

「はあ、実はその……」

「どうして、ここに知らせに来たの？」

と、夕子が言った。「それも弓削さんに」

「はあ……、実は……」

「どうしたんだ？」

と、不機嫌そうな様子で、弓削が出て来た。

「町長、先ほど——沢田《さわだ》さつきさんが死体で発見されました」

弓削はちょっとの間、ポカンとしていたが、やがて、見る見る血の気がひいて、

「——さつきが死んだ？　本当か！」

と、上ずった声で言った。

「殺害されていました」

弓削がフラッとよろけた。敦子がびっくりして、

「あなた！　しっかりして！」

と、夫を支えた。

「奥さん」

と、私は言った。「沢田さつきさんというのは——」

「この人の……愛人です」

と、敦子は言った。

「ご存知だったんですね」

「もちろんです。こんな小さな町で、分らないわけが……」

「恥知らず！」

と、鋭い声がした。「お父さんも、それを知ってて黙ってたお母さんも」

娘のゆかりだった。

「黙ってなさい！　大人には大人の事情があるのよ！」

と、敦子は震える声で言い返した。

「そういう事情はともかく」

と、私は言った。「事件は事件だ。太田さん、県警へは連絡したんでしょうね」

「あの……まず町長の指示を、と思いまして」

「馬鹿者！　すぐに連絡を。そして、現場に一切手を触れさせないこと！」

と、私は叱りつけた。

弓削は、それに文句をつける元気もないようだった。

「現場はあのアパート？」

と、夕子が訊いた。

「ともかく行こう」

と、私は言った。「まさかこんな町で殺人事件とはね」

——太田が県警へ連絡するのを待って、私たちは、ゆうべ武田が案内してくれた場所へと向った。

まだ建って間もない感じのアパートだった。

一階と二階に二部屋ずつ、四部屋しかない。

沢田さつきという女性の部屋は二階の一室だった。——表札はなかった。

ドアが半ば開けられている。私たちは中へ入ったが——。

「何してるんだ?」

と、私は啞然として言った。

若い巡査が二人で、部屋に掃除機をかけ、雑巾で窓を拭いていたのだ。

「おい、よせ!」

と、太田があわてたように言った。「現場に手を付けるなと言ったじゃないか!」

二人の若い巡査は顔を見合せて、

「ですが……『現場をちゃんとしておけ』と言われたので……」

「汚れていてはうまくないかと思いまして」

と、肯き合っている。

「呆《あき》れたな! 犯人の手掛りや指紋を拭き取ってたわけか?」

するとタ子が、

「それで、死体はどこなの?」

と訊いた。

「浴室です」

と、太田は言った。

「そうか」

私は浴室のドアを開けた。

確かに、そこには若い女性の死体があった。

ユニットバスのバスタブの中に横たわった女性の首には、男性のネクタイらしいものが巻きついて、深く食い込んでいる。しかし……。

「あの――」

と、夕子は言った。「ああして、服を着たまま、殺されてたんですか?」

沢田さつきらしいその死体は、まるで会社から帰ったばかりのようなスーツを着ていたのである。

夕子の問いに、返事はなかった。私は振り向いて、

「太田さん……」

「あの……裸のまま人目にさらしては、弓削町長が悲しまれると思いましたので……」

「それじゃ……死体に服を着せた?」

「はあ。ただ……下着はどれを着せたらいいか分らなかったので、とりあえずスーツだけを……」

私はもはや何も言う気になれなかった。

「落ちついて」

と、夕子が私の肩を叩いて慰めた。「人生には色んなことがあるわよ」

「あり過ぎだ！」

と、私は言って、「ともかくこれ以上、どこにも指一本触れるな！」

と怒鳴った。


「まず」

と、口を開いたとき、私は大分落ちついていた。「沢田さつきさんの死体を発見したのは誰ですか？」

私は、ホテルのロビーに集まった関係者たちを見渡した。

弓削啓助と妻の敦子。そして娘のゆかりも、隅の方に立っていた。町役場の武田、そして警官の太田……。

おずおずと手を上げたのは、武田だった。

「——私です」

「あのアパートへ行ったのは何時ごろですか？」

「朝の……七時半ぐらいでしたか」

「それは、弓削さんの指示で？」

武田はしばらく答えなかった。——夕子が口を開いて、

「あのアパートですけど、新しいのに、四つの部屋の内、入居していたのは、殺された沢田さつきさんのひと部屋だけでしたね」

と言った。「あのアパートは、もともと沢田さんを住まわせるために建てたんじゃありませんか？」

夕子の言葉に、敦子が、

「あんなむだ使いをして！」

と夫の方をにらんだ。

「だが……その内、誰かが借りると思ったんだ」

と、弓削が仏頂面で言った。

このホテルのオーナーで、町長でもある弓削の力は、こういう小さな町では絶対的なのだろう。

「愛人の沢田さんはどういう方だったんですか？」

と、夕子が訊いた。

「――元は町役場の同僚でした」

と、武田が言った。「町長が気に入って、秘書として側に置くようになって……。手がつくまで、そうかかりませんでした」

「まるで江戸時代の殿様ですね」

と、夕子が苦笑した。「沢田さんは勤めを辞めたんですね？」

「小さな町です。役場に勤めてはいられませんよ」

と、武田が言った。

「今朝は何の用事で？」

と、私が訊くと、武田はチラッと敦子の方を見た。

「いいわよ。分ってる」

と、敦子は武田から目をそらしたまま言った。

「はあ……。今朝は、毎月の〈給料〉を届ける日だったんです」

と、武田は言った。

「でも、役場は辞めたんでしょ？」

と、夕子が訊く。

「ええ、しかし、沢田さんも生活してかなきゃなりませんからね」

「もしかして、役場から給料を出してたんですか？」

私が問うと、武田は、

「ええ、まあ……」

と肯いた。

「そして、弓削さんが、あのアパートに行くときは、駅からアパートまでの監視カメラを作動させなかった。〈千の目〉にも、とんだ隙間があったものだ」

すると、ゆかりが声を上げて笑った。

「ゆかり！　何がおかしいの」

と、敦子が振り向いてにらむと、

「これが笑わずにいられるかって。勤めてもいない人に給料を払って、町中を監視するカメラは、町長の浮気のときだけは、目をつぶってる。――お父さん、せめて愛人へのお手当ぐらい、自分のポケットマネーで出しなさいよ」

と、ゆかりは言った。「それでよく言えたもんだわ。私の駆け落ちを、『人の道に外れてる』って」

「昔の話だ」

と、弓削は言った。「それに——そうだ、あのサングラスの怪しい男はどうなんだ。あいつが沢田さつきを殺したのかもしれん」

「何よ、突然?」

と、ゆかりは呆れて、「あれが尾形さんだとでも言うの?」

「もしそうなら、俺たちに仕返しするために戻って来たのかもしれん。俺にとって、何より大切なさつきを殺したのかも……」

それを聞いて、敦子が、

「あの女が、『何より大切』? 私やゆかりよりもね。それがあなたの本音なのね」

「勝手にやり合ってなさい」

と、ゆかりは言った。「この五年間、お父さんもお母さんも、私に何百回言って来た?『尾形は絶対に生きてない。諦《あきら》めて他の男と結婚しろ』って。——ところが、何か具合の悪いことが起ると、尾形さんが生き返って来たことにして、殺人犯にしようっていうの? 都合のいいこと。尾形さんが生きてるとしたら、五年間も連絡して来ないわけがないわ」

「それはともかく、弓削さん」

と、私は言った。「私はあの〈認証センター〉とやらに行きましたがね。あそこで働いている人たちは、ほとんどが眠っているか、パソコンでゲームをしているか、でしたよ。ほとんど誰もモニターなんか見ていない」

弓削は渋い顔になって、

「そりゃ、中にはそういう奴もいるかもしれんが……」

「人間なんです、肝心なのは。監視カメラをいくら増やして人の行動を見張っても、人の心の中は見えない。ましてや、偉い方の浮気現場を隠して、そのせいで殺人犯も見逃してるとはね。むだな投資でしたね」

と、私は言った。

「そんなことより、早く犯人を捕まえてくれ。刑事だろう」

「あいにく、ここは警視庁の管轄ではないのでね」

と、私は言った。「しかも、県警は困っているでしょう」

私は太田の方を見て、

「殺人現場をああも荒らされてはね」

と言った。

太田はじっと目を伏せていた……。

4　過去から明日へ

「管轄じゃないっていったって、手伝わないわけにいかないでしょ」

と、夕子は言った。

「まあね」

と、私はため息をついて、「君と一緒だと、のんびり湯に浸《つか》っていられたためしがないな」

「あら、私のせいにしないでよ。私が人を殺してるわけじゃないんだから」

それぐらいのことは分っている。しかし、せっかく休みを取って来たというのに……。

少し早い時間だったが、ホテルのダイニングルームで夕食を取っていた。

その後、捜査に当っている県警の人間と会うことにしていたのだ。

「――でも、ふしぎな町よね」

と、夕子はワインを飲みながら言った。「町役場の勤務ってどうなってるの？　武田さんなんて、まるっきりここの番頭さんじゃない」

「そうだな。そういう公私の区別が曖昧《あいまい》なんだろう。弓削っていう大物が、『よきにはからえ』で、何でもやれる」

「でも、沢田さつきさんが亡くなったと聞いたときは相当参ってたじゃないの」

「確かに、あそこまでショックを受けるとはな。かなり本気で好きだったのかもしれない」

「演技とも見えなかったしね」

と言うと、夕子は何やら考え込んでしまった。

「——やれやれ、料理はまずまずだな」

と、ナプキンで口を拭って、「コーヒーにするか」

「え？　——ああ、そうね」

「どうかしたのか？」

「いえ、ちょっと……。私、アイスクリームもらうわ」

名探偵は、推理を働かせていても、甘いものは欠かさないのだった……。


その和室は静かだった。

明りは消えているが、入口の常夜灯のかすかな光が、ぼんやりと室内を照らしている。

スッと襖が開いて、畳を踏む、キュッという音がした。男はギクリとして動きを止めたが、少し間を置いて、歩を進めた。

奥の床の間の前に分厚い布団が敷かれて、掛け布団が盛り上っている。

そのそばに両膝をつくと、男はホッと息をついた。小さな囁《ささや》きが男の口から洩れた。

「許してくれ……。俺も後から行く」

男の手が、鋭く尖《とが》った小ぶりの包丁をつかんでいた。その手は震えながら布団の上に構えられた。

そして——力をこめて、布団の膨らみを突き刺した。

その瞬間、部屋の明りが点《つ》いた。

ギョッとして振り向いた弓削は、私と夕子を見て愕然とした。

「あんたたちは……」

「それは奥さんじゃありませんよ」

と、私は言った。

弓削は包丁を抜くと掛け布団をめくった。枕がいくつか並んでいる。

「あなた……」

敦子が明りの中へ出て来て、「私を殺そうとしたのね」

「敦子。——お前を殺して、俺も死ぬつもりだった」

弓削が包丁を手から落とした。

「沢田さつきさんが殺されたと聞いたときの、弓削さんの呆然自失《ぼうぜんじしつ》の有様が、私には、囲っていた愛人の死を悲しんでのものに思えなかったんです」

と、夕子が言った。「あれは、自分の娘の死を知ったからじゃないのかと考え付いたんです」

「あなた……」

敦子が力なく座り込んだ。

「わざわざアパートまで建てて、仕事を辞めさせていた。奥さんの言ったように、こんな小さな町です。愛人ができれば知られないはずがない」

と、夕子は、続けて、「でも、弓削さんはこの町の殿様です。あそこまで沢田さつきさんを隠そうとする必要はなかったでしょう。愛人なら」

「まだこれと結婚する前だ」

と、弓削は言った。「仕事で出かけた地方の小さな町の旅館で、夜部屋に呼んだマッサージの女が、同郷で嬉しくなり、ついその晩抱いてしまった。――その一夜だけだったが、女は身ごもって、苦労して娘のさつきを育てた。俺は知らなかった。しかし、数年前、さつきがこの町へやって来た。母親が病気で亡くなるとき、さつきに俺にあてた手紙を託したんだ」

「どうして私に言わなかったの」

と、敦子が言った。

「お前やゆかりの気持を考えると、言えなかった。いずれは話すつもりだったが……」

「それで、あなた……」

「さつきが殺されたと聞いて、てっきりお前がさつきを愛人と思って殺したんだと考えた」

「それで、私を殺しに？」

「お前にさつきを殺させてしまったのは、俺の責任だ。お前を逮捕させたくなかった……」

「私が殺した？　とんでもない！」

弓削は意外そうに、

「違うのか？」

と言った。

「呆れたものだ」

と、私は言った。「町中に監視カメラを設置して、犯罪をなくすと言っておいて、自分は見当違いの思い込みで、奥さんを殺すところだった」

「それじゃ、誰がさつきを……」

「あのアパートへ通っていたのは、あなただけじゃない。当然、さつきさんにも付合っている男がいたはずですよ」

と、夕子が言った。「ネクタイで殺されたことを見ても、仕事帰りに寄った誰かでしょう。監視カメラが作動しないようにできる誰か」

「――武田が？」

「まず事情を訊いてみることですね」

と、私は言った。「武田さんは、さつきさんをあなたの愛人だと信じていたんでしょうし、さつきさんが実は娘だったと知って、あなたの怒りが恐ろしくなったでしょうね」

弓削は畳に座り込んで、

「俺は……とんでもないことをしようとしてたんだな」

と、ひとり言のように言った。

夜が明けると、弓削にはもう一つ、大きなショックが待っていた。

「――ゆかりさんが朝一番の列車に乗って行かれました」

と、太田が報告しに来たのだ。

「何だと？」

——弓削にあてて、至って古風な置き手紙が残されていた。

〈尾形さんが死んでいなかったことは、あの一年後には知っていたわ。でも、重傷を負って、回復してリハビリの末に働けるようになるまで待っていた。そう、あのサングラスの人は尾形さん。

この町の人たちの仕打ちは許せないけど、もう過ぎたことは忘れて、二人で新しい生活を始めると決めたの。

どこの監視カメラに映っていても、平気よ。私たちが幸せに暮してるのが分るだけですものね。

お母さんを大事にしてあげて。　ゆかり〉

——駅のホームの監視カメラには、一緒に列車に乗り込む二人が映っていた。

しかも、二人はカメラに向って、にこやかな笑顔で手を振っていたのだ……。

弓削が町長を辞任し、あの町から監視カメラが消えて話題になったのは、三か月ほど後のことだった。

「どんなに高性能なカメラでも、事実は映せても、真実は映せないのよ」

と、大学の帰り、コーヒーを飲みながら夕子は言った。

「真実を映せるのは？」

と、私が訊くと、夕子は言った。

「もちろん、名探偵の心の眼だけよ！」

タダより怖いものはない

タダより怖いものはない

1　目撃

「私、見ちゃった！」

と、岩下尚子《いわしたなおこ》は言ったが、「見た」ものが殺人現場や指名手配犯の顔ではなくて幸いだった。

「誰を見たの？」

と訊いたのは、永井夕子である。

好奇心の塊のような女子大生、かつ私、宇野喬一の彼女でもある。

「それがね――」

と言いかけて、「だめだめ！」と、岩下尚子は首を振った。

「誰を見かけても、絶対言っちゃいけないって言われてるんだ」

「それはそうだろうな」

と、私は言った。「ガードマンが、勤め先のマンションに誰が住んでるかしゃべっちゃ、職業倫理に反することになるよ」

「そうなんです」

と、岩下尚子は肯《うなず》いて、「麻布の一等地のマンションですから、色々有名人も住んでるんです。でも、めったに口もききませんけど」

「しかし、マンションの受付というなら分るが、どうして君がガードマン？」

と、私は訊いた。

——都心のホテルのバーである。

普段から、こんな高い所で飲んでいるわけではない。いや、もともと酔い潰れるほどは飲まないので、たまのデートのときには、ちょっと気取ってみているのだ。

夕子は大学の先輩だという岩下尚子と一緒にやって来た。——デートといっても、なかなか「二人きり」になれないのが、私たちの宿命（?）かもしれなかった。

岩下尚子は夕子より少し年上の二十四歳ということだった。大学を出てガードマン、それも夜勤専門だという。

「尚子さんは絵の学校に通ってるの」

と、夕子が言った。「もともと美大に入ろうと思ってたけど、ご両親から『ちゃんと食べていけるようになれ』って言われて……。ね？」

「そうなんです。でも、やっぱり絵が諦《あきら》め切れなくて。絵画教室は午後なので、夜勤の仕事を捜して」

「尚子さんは空手の有段者なの。合気道もね」

「なるほど。見た目だけのガードマンじゃないんだね」

「それに、マンションって、夜中に女性の住人の方から色々相談されることが多くて。女性の方が話しやすいってこともあります」

住人について口外してはいけないとは言うものの、夕子について来たのは、何か私に話したいことがあるからだろう。

「それでね、尚子さんがちょっと困ってることがあるのよ」

そら来た。――夕子がそう言い出すと、デートはおあずけになる確率が高いのである。

しかしこの夜は、意外な展開になった。

「実は……」

と、カクテルのグラスを手にしたまま、尚子が口を開きかけたとき、私たちのテーブルのそばを、背の高い女性が通りかかった。

そして、足を止めると、

「あら、尚子ちゃんじゃない」

と、声をかけて来たのだ。

尚子は顔を上げてその女性を見ると、

「あ、リオさん」

と言った。

「珍しいわね、こんな所で」

信じられないほど細身で脚が長いその女性は、私には「どこかで見たことがある」だけだったが、間違いなく「スター」と呼ばれる存在だった。

「リオ」と呼ばれたその女性は、私と夕子を眺めて、

「ご家族?」

と、尚子に訊いた。

「いえ、違います。大学の後輩と——宇野さんっていって、警視庁捜査一課の警部さんです」

私の肩書を持ち出して、尚子は微笑《ほほえ》んだ。

「へえ！　刑事ドラマでしかお目にかかったことないわね」

と、リオという女性は目を見開いて、「でも、あんまり怖そうじゃないわね」

「ええ、とてもいい方なんです」

「私、〈リオ〉といいます。ご存じかどうか、歌手や女優をやっています」

と、手早く名刺を出して私に渡すと、「じゃ、尚子ちゃん、またね」

「どうも……」

「ああ、この間はありがとう。夜中なのに、助かったわ」

「仕事ですから、何なりと」

「本当によく働いてくれるのよね、尚子ちゃんは。——それじゃ」

「失礼します」

リオはバーを出て行った。

「マンションの住人なのね？」

と、夕子が訊いた。

「ええ、そうなんです。仕事柄、夜中に帰宅されることが多くて」

「あなた、知ってる？」

と、夕子に言われて、私は、

「ＴＶで見たことはあるよ」

と、当り前の返事をした。「しかし、名刺もずいぶん可愛いな」

カラフルなイラストの入った名刺。

「それ、ファンだったら宝物ですよ」

と、尚子は言った。

「そうか。僕じゃ〈猫に小判〉だな」

と、私はポケットに名刺をしまって、「ところで、困ってることって？」

ところが、尚子はちょっとためらう様子を見せると、

「あの……もういいんです」

「尚子さん……」

夕子も当惑したように、「どうしたの？　何だかとても困ってるって――」

「ごめんなさい！　リオさんを見たら、やっぱりマンションの話をしちゃいけないような気がして……。すみません、宇野さん」

「いや、それは君が決めることだからね」

と、私は言った。「やっぱり聞いてほしいと思えば、またいつでも夕子に言ってくれ」

「ありがとうございます」

尚子はカクテルを飲んでしまうと、私が渡した名刺――ちっとも可愛くない――をバッグにしまって、

「お邪魔してごめんなさい」

と、せかせかと立って行ってしまった。

私たちはしばらく呆気に取られていたが、

「――ま、ともかくデートが潰れなくて良かったよ」

と、私は気を取り直して言った。

しかし、夕子は何だかすっきりしない様子で、

「そうね。でも……」

「何か気になるのか？」

「大したことじゃないけど、ちょっとね……」

夕子は曖昧《あいまい》に言って、「で、これからどうする？」

と、息をついた。

2　心配ごと

「宇野さん、電話です」

と、原田刑事が、その大きな図体に比例した大声で呼んだ。

机の電話に？　今はほとんどケータイにかかってくるので、珍しい。誰からだろう。

「――堀《ほり》さんって女性ですよ」

「堀？　どこの堀だ？」

堀という名の人間は何人か知っているが。

「――はい、宇野です」

と出ると、

「先日は失礼しました」

と、若い女性の声。

「は……」

「堀里緒《りお》といいます。名刺の名は〈リオ〉です」

「ああ！」

思いがけないことで、あわててもらった名刺を取り出していた。

「すみません。名前を訊かれたので、本名を」

「いや、構いませんよ。何か僕に？」

「ええ、できればちょっと相談にのっていただきたいことが」

捜査一課と言ってあったので、ここへかけて来たのだろう。

「分りました。時間があれば……」

彼女の方が、夜遅くでないと時間が取れないという。仕事の間はずっとマネージャーが付いているのだそうだ。

結局、今夜の十一時に、マンションのロビーで会うことになった。

「もちろん、ご一緒だった彼女もどうぞ」

「は？」

「尚子ちゃんから聞きました。永井夕子さんって、有名な探偵さんだそうですね」

もちろん、連れて行かなければ、後で夕子に何と言われるか……。

電話を切ると、原田が私の手もとの可愛い名刺を覗き込んでいた。

「宇野さん、今かかって来たの……」

「ああ。この〈リオ〉ってタレントだ」

「へえ！　宇野さん、いつからスターの人生相談を始めたんですか？」

夕子が一緒だったので、リオも安心して私たちを自分の部屋へ通してくれた。

「――どうぞお楽に」

と、リオは言った。「尚子ちゃんも、そろそろ出勤してくるころですね」

有名人が何人も住んでいるというだけあって、内装も立派で広い。

リオはキッチンに行って、コーヒーをいれてくれた。そのきちんとした手際の良さに私は感心した。

「これはおいしい」

と、コーヒーをひと口飲んで言った。

「そうおっしゃっていただけると……」

と、リオは微笑んだ。

「それで――ご相談というのは？」

「ええ。そのガードマンの尚子ちゃんとも係《かかわ》りのあることなんですが」

と、リオは話を始めた。「あの人が絵を習ってること、ご存じでしょう？」

「ええ、聞いてます」

と、夕子が肯く。

「このマンションに、中林剛士《なかばやしたけし》という方が住んでるんです。画家で、その世界ではかなり有名な人だそうです」

「中林……。知らないな」

「ともかく、私は他の人から聞いたんですけど、絵の世界も色々複雑らしくて、有名な〈先生〉たちが派閥を作っていて、そこに入っていないと、世に出られないとか」

「そうなんですか？」

夕子が目を丸くする。「じゃ、その中林さんって人も……」

「そういうタイプの典型的な画家のようです。あちこちで絵を教えているんですけど、これという生徒がいると、このマンションの自宅に来させて、『個人指導』をするそうです」

「待って下さい」

と、夕子が言った。「その『個人指導』っていうのは……」

「もちろん絵も教えるんでしょうけど、若い可愛い生徒さんの場合は……」

「もしかして、尚子さんもですか？」

「たぶん」

と、リオは小さく肯いた。「もちろん、本人に確かめたわけではありませんが、一階のロビーで、中林さんが尚子ちゃんに声をかけていたりするのを見たことがあります。ただの住人とガードマンという感じではありませんでした」

「許せない話ですね！」

と、夕子が憤然として言った。

「尚子ちゃんも子供じゃありませんから、誰とどう付合おうと自由です。でも、〈先生〉の立場をかさに着て、そんなことになっているとしたら……」

「分ります」

と、私は肯いた。「慎重にする必要はありますが、当ってみましょう」

「すみません。こんなお話を」

と、リオは言った。

——私と夕子は、三階のリオの部屋を出て、ロビーへとエレベーターで下りて行った。

その中林という画家の部屋は八階〈８０１〉という、一番広いタイプということだった。

エレベーターが一階に着いて、扉が開くと、ロビーにガードマンが立っていた。

「あ、夕子さん」

「尚子さん。これから勤務？」

ガードマンの制服に身を包んだ尚子のことが、私は一瞬分らなかった。

「やあ、ご苦労さま」

と、私は言った。

「リオさんの所に？」

と、尚子が訊く。

「ええ、ちょっと相談ごとがあって。立派なマンションね」

「本当に。私なんかとは縁のない世界」

と言って、尚子は笑った。

すると、マンションの正面に、大型の外車が停った。

車から降りて来たのは、白のスーツにサングラスをした五十がらみの男。これがもしかして——。

「今晩は、中林先生」

と、尚子が頭を下げる。

「やあ、ご苦労さん」

と、中林は言って、「仕上ったかい？」

「なかなか難しくて、でも、期日には間に合せます」

車からもう一人降りて来たのは、派手な色めのスーツの女性だったが、当人は地味な印象で、およそ似合っていなかった。

「奥様、今晩は」

と、尚子が言った。

中林の妻か。——尚子に向って、

「お疲れさまね」

と言った口調が、どこか冷ややかに聞こえたのは気のせいだろうか。

そして、車を運転していた男性が、鞄を手に入って来ると、

「先生、明日は……」

「うん、朝は少しゆっくり寝てるから、迎えは午後一時でいい」

「かしこまりました」

と、鞄を中林へ渡す。

私と夕子は、ロビーの隅の方へ寄って、中林夫婦がエレベーターに乗るのを見ていた。

「じゃ、失礼します」

と、尚子は一礼して、マンションの奥へと入って行った。

中林の秘書らしい、黒のスーツの男性は、表の車へ戻って行こうとしたが——、

「武内《たけうち》、久しぶりだな」

と、私は声をかけた。

男性がびっくりして振り向くと、

「宇野さん!!」

と、目を見開く。

「真面目にやってるようじゃないか。結構なことだ」

「今の中林先生のドライバーですよ。それと雑用係でね」

と、武内は言った。「お願いです。黙ってて下さいよ、昔のことは」

「言うもんか。先生は知らないのか？　まあ、しっかりやれよ」

「ありがとうございます」

武内が車に戻って、駐車場へと入って行く。

「知り合い？　ドライバーっていうより、用心棒みたいだけど」

と、夕子が言った。

「当りだな」

私と夕子は、ひんやりとした外気の中へと出て行った。

「武内正之《まさゆき》といって、以前は組員だった。傷害事件で、二、三年刑務所に入ってたが、出所してからは姿を消してたんだ。こんな所で会うとはな」

「あなたに恩があるの？」

「それほどのことでもないが、事件を起したとき、僕がたまたま見ていて、奴が仕掛けたケンカじゃなかったと証言してやったんだ」

「それは良かったわね」

「まあ、真面目にやっててくれりゃ、結構なことさ」

「それで——」

と、夕子が話を変えて、「リオさんの話、どうするの？」

「中林についての話は、人から聞いたわけだろ。どこまで本当か、まず中林について調べてみるよ。——捜査一課の仕事じゃないがね」

しかし、それが——「捜査一課の仕事」になってしまったのは、そのわずか三日後のことだった。

3　呼出し

「すぐ来て下さい！　八階で何かあったようなんです！」

本来、今取りかかっている仕事を放り出して行くなど、やってはいけないことである。

しかし、ケータイへかけて来たのは、あのリオだったのだ。

しかも、リオの口調には切迫したものがあって、ただごとではないだろうと思えた。

「おい、原田、後を頼むぞ」

と、私は言った。

「はあ。今、聞こえてた声、あのリオさんですか？」

「ああ、そうだ。至急来てくれってことだ」

「いいんですか？」

「何がだ？」

「夕子さんを呼ばなくて」

気を回し過ぎるのが原田の欠点である。

――夕子に連絡を入れ、他の事件の聞き込みに回っていたのを、原田一人に任せて、私はあの高級マンションに向った。

マンションの前で車を降りると、ちょうどタクシーが停って、夕子が降りて来た。

「――すみません」

ロビーで、リオが待っていた。

「どうしたんです？」

「それが――さっき、尚子ちゃんが私の部屋の玄関に……」

尚子は、リオの部屋の居間のソファに横になっていた。

「気を失ってる」

と、私は脈を取って、「脈はちゃんとしてるが、たぶん薬で眠らされてるな。救急車を呼びましょう」

「じゃ、私が」

リオが一一九番へ通報してから、「――尚子ちゃんは入って来るなり、『〈801〉が大変――』とだけ言って、気を失っちゃったんです」

と言った。

「行ってみよう。リオさんは救急車を待っていて下さい」

「分りました」

私と夕子はエレベーターで八階へ向った。

「――リオさんって、ずいぶん落ちついてたわね」

と、夕子がエレベーターの中で言った。

「そうだな、君と違って、そう年中事件と出くわしちゃいないだろうが」

「それ、皮肉?」

「まさか。――しかし、素人にとっちゃ、何か事件が起ってるかもしれないって、半信半疑になるもんだよ」

マンションは八階が最上階で、広いフロアに三部屋しかない。中林の〈８０１〉がフロアの半分を占めているのが、エレベーターの壁にある〈非常口案内図〉で分る。

エレベーターの中も広く、まぶしいような金ピカの作りだ。

滑《なめ》らかにゆっくりと上って行き、八階に着いた。

「廊下の奥が〈８０１〉ね」

と、夕子が言った。

廊下も幅が広く、カーペットが深々と歩みを受け止める。高級ホテルのようだ。

突き当りが〈８０１〉、リオなどの部屋と違って、両開きのドアだ。

私は玄関のチャイムを鳴らした。

その直後、中から銃声が聞こえたのだ。

私と夕子は一瞬顔を見合せた。

「今のは――」

「銃声だ」

私はドアを開けた。――鍵がかかっていなかった。

中へ入ると、

「中林さん！」

と、私は呼んだ。「警察です！」

玄関に応接のスペースがあり、その両側にガラス扉があった。ともかく、明るい光の見えている方のガラス扉を開けて入って行く。

シャンデリアの光がまぶしい居間、しかし人の姿はなかった。

「中林さん！」

居間の奥へと入ると、そこはアトリエになっていた。絵具の匂いがする。

描きかけの絵、スケッチ、デッサン……。

中は雑然としていた。

「あそこに……」

と、夕子が指さした。

倒れていたのは、中林の夫人だった。外出から戻ったばかりのような、スーツ姿だ。

そして、右手に拳銃をつかんでいた。

「生きてるわ」

「うん。――気を失ってるな」

夫人の額に、何かがぶつかったような傷があった。

銃口に指先を触れると、まだ熱い。

すると、そのとき、夕子がびっくりして息を呑んだ。

画材を置いたテーブルのかげから、フラッと立ち上ったのは——二十四、五かと思える女性で、

「助けて……」

と、弱々しい声で言った。「死にそうなの……」

差し出した両手はべっとりと血で濡れていて、左の肩から血が広がっているのが分った。

「撃たれたな！　——救急車を呼ぶから、すぐ！」

私がそう言うと、その女性はホッとしたのか、その場に崩れ落ちそうになった。

あわてて、その女性を支えると、

「おい、救急車を呼んでくれ！」

と、夕子に言った。

「分った。リオさんも呼んでるのよね」

「そうか。追加だ、もう一台」

「この奥さんは？」

「そうか。追加二台だ！」

まるでソバ屋の出前みたいだ、と私は呑気なことを考えていた。

——すると、そこへ、

「おい、何してるんだ？」

と、声がした。「君たち、人の家へ勝手に入って——」

中林が、まるで仮装大会みたいな、ピンクのスーツで立っている。

「恵子《けいこ》じゃないか」

と、中林が目を丸くして、「どうなってるんだ？」

中林の後ろから、大きな荷物を抱えて顔を出したのは、武内だった。

「あれ、宇野さん？」

「今救急車を呼んでます」

と、私は言った。「奥さんが、この若い女性を撃ったらしいんでね」

「恵子が撃った？」

中林は唖然《あぜん》としたように、「君——東《あずま》君じゃないか」

「おい、武内」

と、私は言った。「下で救急車を待ってくれ」

「分りました」

「三台来るから」

「三台ですか？」

と、武内が目を丸くして、「三台目は——先生ですか？」

見れば、中林は真青《まつさお》になって、

「俺は……血を見ると……貧血を起すんだ！」

と、ヘナヘナと床に座り込んでしまった。

「こちらの先生じゃない」

と、私は言った。「一台はリオさんの部屋の分だ」

「え？　彼女が何か——」

「詳しい話をしてる暇はないんだ！　早く行け！」

「分りました！」

武内は、荷物を放り出して駆け出して行った。中林が、

「乱暴に扱うな！　高かったんだぞ！」

と怒鳴った……。

十五分ほどで、救急車が三台やって来た。
負傷した女性――東淳子《じゅんこ》という名だと分った――と、中林の妻、恵子が一緒に運び出される。

「業務用のエレベーターを使いましょう」

と、武内が言った。「大きいので、二人一緒に運べます」

〈非常口〉の扉を出ると、業務用の大きなエレベーターがあった。

「引越しで、大きな家具もありますからね」

と、武内が一緒に乗る。

居住者用のエレベーターよりずっと速く一階に着いた。

「――おい、どうなってるんだ？」

ロビーへ出た私はびっくりした。

マンションの前には、カメラマンや記者が集まっていたのだ。

「――中林さんは無事ですか！」

「撃たれたのは、画伯の弟子の女の子だって本当ですか？」

「まだ何も分らんよ！　救急車のそばに来ないでくれ！」

一体どこで聞いて来たのか、ＴＶのリポーターまでやって来て、マイクを手に、

「画壇の大物として知られる中林剛士さんのマンションで、傷害事件が発生した様子です！　女性関係を噂されていた中林さんですが、この事件は、果してそのもつれによるものでしょうか？」

こっちが捜査もしない内に、ＴＶで「事情」が流れている。

「どうなってるんだ！」

私は思わず言って、何とか三台の救急車を見送ったのだった……。

4　講習

「君には才能がある、って言われたんです」

と、東淳子は言った。「こんな才能には、めったにお目にかかれない、って……。私、子供のころから、人にほめられたことがなかったので、もう嬉しくて、舞い上ってしまいました。それも、憧れの中林先生に。そして先生は――」

「僕はね、充分に金を持ってる」

と、中林は言った。「今さら金なんか欲しいとは思わないよ。しかし、こういう教室でタダで教えるわけにいかないから、受講料を少しばかり取ってるがね」

「はあ……」

その「少しばかり」の受講料、月二万円が、東淳子にとっては大きな出費だった。

「だが、本物の才能に出会ったら、それはもう、金には換えられないことだ。君からは受講料をもらわない」

淳子はびっくりした。

「本当ですか？　タダで教えていただけるんですか」

「もちろんだ！　君のような新しい才能を世に送り出すのが、僕の使命だからね」

「嬉しいです！」

「しかし――教室で教えるわけにはいかない。君だけをタダで教えていると分ったら、教室を運営しているところが困るからね」

「ええ、それは……」

「僕のマンションに来なさい。僕のアトリエで、君に僕の持っている技術のすべてを教えてあげよう」

淳子は胸が熱くなった。そして、

「はい！　ありがとうございます！」

と、感激に声を震わせたのである。

「今思えば……」

と、肩の傷をかばいながら淳子は言った。

「私も馬鹿でした。子供じゃないのに、そんな中林の誘いに乗ってしまって」

中林、と呼び捨てにしていることが、記者会見に集まった報道陣にも強い印象を与えているのが見てとれた。

「実際に、講習は受けられたんですか?」

と、女性記者が訊いた。

「アトリエに入って、ほんの十五分ほど、特に教えられなくても分っているようなことを聞かされただけです」

と、淳子が言った。「すぐに『ちょっと休憩しよう』と言うと、中林は私を寝室へ連れて行きました……」

淳子が言葉に詰って目を伏せた。

すると、あまり記者らしく見えない中年男が立ち上って、

「しかし、その時点で、あなたは中林さんの要求を拒否することもできたはずですね。そ

うしなかったのは、あなたの方でも、そうなることを期待していたのでは？」

と言った。

質問しているというより、そう決めつけている口調だった。

「違います！」

と、淳子は言い返した。「でも相手は有名な画家で、男性です。逃げようにも体がすくんでしまって、動けませんでした」

質問した男は、ただ笑っただけだった。

「――誰だ、あれ？」

会見の部屋の隅に立っていた私は言った。

「大手新聞の文化部長です」

と言ったのは、リオだった。「中林さんに頼まれて来てるんでしょう」

「それにしても、『タダで教えてあげる』と言っておいて、女性をものにするなんて、やり口が汚ない」

と、夕子が腹立たしげに言った。

淳子は、その後も何度か、あのアトリエに呼びつけられた、と言った。

中林の夫人、恵子は、夫が淳子を度々自宅に呼んでいることに耐えられなくなって、淳子を撃った。同時に、淳子が投げた絵具のパレットが額に当って、恵子は気を失ってしまった……。

——東淳子にも落ち度はあるが、中林が同様のやり方で、それまでにも度々生徒の女性に手をつけていたことが、すでに週刊誌などで報じられていた。

「——少しは応えたかしら」

と、会見が終ると、夕子が言った。

「さあね」

と、私は首を振って、「中林は絵画の世界で大きな力を持っているようだからな」

「恵子夫人の聴取はできたの？」

「いや、医者が止めてるんだ。どうやら、病院長が中林と親しいらしい」

「ひどい話ですね」

と、リオが言った。

そのとき、ケータイに着信があった。

「誰だろう？　——もしもし」

「宇野さん、武内です」

「ああ、どうした？」

「すみません、俺、逃げます」

「何だって？　どうしたっていうんだ？」

「俺はやってないんです！　本当です！」

それだけ言って、切れてしまった。

「どうしたの？」

「さっぱり分らない。——原田からだ」

原田刑事からの通話に出ると、

「宇野さん、今、中林から通報があって」

「何だというんだ？」

「中林のマンションから、現金が一千万ほど盗まれたそうです」

「盗まれた？　それで——」

「盗んだのは武内だと言ってるそうですよ」

そういうことか。しかし……。

「中林が、武内に前科があることを隠していたと、宇野さんを非難してます」

「何だって？」

私は唖然とした。

中林は現金を盗まれたことにして、世間の目をそっちへ向けさせたいのだ。そして武内に前科があったことを知って、警察の責任であるかのように言い立てるつもりだろう。

やや時間はかかったが、私は怒りを覚えた。夕子が私の顔を見て、

「顔が真赤《まっか》になって来た！　面白い！」

「よせよ、冗談じゃない」

私は本当に腹が立って、「記者を集めて、本当のことをぶちまけてやる！」

「冷静になって」

と、夕子は言った。「その前に、武内って人を助けなきゃ」

「何だって？」

「わざわざあなたに連絡してくるぐらいだもの、一千万円盗んだなんて、濡《ぬ》れ衣《ぎぬ》よ」

「そりゃそうだろう」

「でも、中林が盗まれたと言ってるのを、嘘だと立証するのは難しいでしょ。武内って人も、自分の言うことを人が信じてくれないだろうと思ったから逃げ出したのよ」

「確かにな。――あいつは立ち直ったんだ。そんなことをするわけがない」

「武内さんが、やけになって、本当に罪を犯す前に、何とかしてあげないと」

夕子の言うことももっともだった。

私自身のことは後回しでいい。武内に、「お前を信じてる」と伝えてやるのが先だ。

「しかし、あいつはどこに行ったのか……」

と、私は考え込んだ。

「武内さんって、家族は？」

「一人だと思う。――待てよ」

「何か思い出した？」

「あいつが組にいたころ、一時一緒に住んでた女がいる」

「その人に訊けば何か分るかも」

「そうだな。ただ……」


忘れられたような、小さな公園。

夕方になって、風が冷たくなると、遊ぶ子もいなくなる。しかも、そびえ立つようなマンションの陰になって、その公園は昼間でも、ほとんど日が当らないのだ。

ペンキのはげ落ちたベンチに、武内は腰をおろしていた。ゆっくり寛《くつろ》いでいるわけではなく、前かがみに、目は足下の地面を見ていた。

せかせかとしたサンダルの足音がして、武内は顔を上げるとホッとした表情になった。

「——来てくれたのか」

と、武内は言った。

「だって、困ってるんでしょ？」

と、女は言って、ベンチに並んで座った。

少しくたびれたセーターとスカート、サンダルばきに、買物かごを下げている。

「俺はやってないんだ」

と、武内は言った。「信じてくれ」

「ええ、分るわ」

女は肯いた。「ただ——私もあんまり余裕がないのよ」

「分ってる。迷惑かけたくなかったんだが、他に思い当る人間もいなくてな……」

「頼って来られたのは嬉しいのよ。でも、してあげられることは……」

「そうだよな。芳江《よしえ》、お前がホステスをやめて、結婚したことは、昔の店で聞いた」

と、武内は言った。「——楽しくやってるのか？」

「まあ……何とかね」

と、芳江という女はちょっと肩をすくめて、「何もかもうまくいくわけないものね、生きてくって」

「そうだな。——旦那はやさしいか」

「普通のサラリーマンですもの。特にエリートってわけじゃないから、お給料はほどほどよ」

「子供がいるのか」

武内は、買物かごに揺れているアニメのキャラクターの人形へ目をやった。

「今、二歳よ。女の子」

「そいつは良かった。——あのころから、お前は子供をほしがってたものな」

と、武内は肯いた。

「ええ、大変だけど幸せだわ。あの子のためなら、少々のことは辛抱できる」

そう言って、芳江は、買物かごから封筒を取り出すと、「ほんの少しだけど、今のうちの家計からは、これだけしか……」

武内はためらって、

「すまないな……。ともかく、列車で少し遠くへ行ければいいんだ。まるで何も持たずに飛び出しちまったんでな」

中を見ずに、封筒をポケットへ押し込んだ。

「いつか必ず返すよ」

と、武内は言って、立ち上った。

「駅まで遠いかな」

と、道の方へ目をやって言った。

芳江が、買物かごから小ぶりな包丁を取り出した。そして震える手で、武内の背中へと
——。

「やめるんだ！」

と、私は怒鳴った。

武内がびっくりして私を見る。そして芳江の方を振り向くと、目を見開いて、

「お前、俺を……」

「ごめんなさい！　あんたのことが知れたら、私、今の家にいられなくなる……」

と、芳江は泣きながら言った。

「——悪かった」

武内はポケットから封筒を取り出して、「お前に頼ろうとした俺が間違ってた」

と、買物かごに入れた。

「武内。——逃げるな」

と、私は言った。「俺を信じろ、中林の言うことなんか気にするんじゃない」

「宇野さん……。あんたにまで迷惑がかかっちゃ申し訳ないよ」

「何言ってるんだ。迷惑をかけられるために警官ってのはいるんだ」

と、私は言った。

そのとき、拍手したのは、もちろん夕子だった。

5 反抗

「一千万円の盗難に手を貸したのは事実ですか！」

車を降りて、いきなりマイクを突きつけられた。

「どこでそんな話を――」

と言いかけたが、怒るのはやめておいた。

そこで怒鳴ったりすれば、向うの思う壺だ。

中林が、政治家などに手を回して、自分が絵の生徒に手を出したことより、武内が金を盗んだという話を取り上げるように仕向けているのだ。

「一千万円の盗難が事実かどうか、まだはっきりしてるわけじゃないよ」

と、私はマンションの入口を入りながら言った。

「しかし――」

と、TVのリポーターの男は私について歩きながら、

「盗まれたと中林さんご自身がおっしゃってるんですから――」

「人間、誰でも記憶違いってことはあるもんだ」

と、私は微笑んで言った。「どこかに置き忘れただけかもしれないよ」

そんな答えが返って来るとは思っていなかったのだろう。リポーターは呆気に取られて
私と夕子がマンションのオートロックを開けて入るのを見ていた。

私と夕子に続いて入って来ようとするリポーターに、私は、

「そこから無断で入ったら、家宅侵入だぞ」

と言ってやった。

足を止めたリポーターの前でオートロックの扉が閉った。

――〈801〉のドアが中から開いて、中林が苦々しげな顔つきで立っていた。

「出迎えですか。わざわざどうも」

と、私は言った。

「どうしてマスコミを締め出すんだ」

と、中林は言った。「今、入れてやった」

「それはあなたの自由ですよ」

と、私は言った。「一千万円がどこから盗まれたのか、拝見したくてね」

「いいとも。しかし、ちゃんとTVカメラで撮ってもらう」

「TV局が一局だけなのは？　他の局には声をかけなかったんですか？」

「そんなことは……。あそこの局は一番公平だからだ」

「社長とお親しいんですよね」

と、夕子が言った。「誰でも知ってます」

「それがどうした。私のような有名人は付合いが広いんだ」

居間へ入ると、後からあのリポーターとカメラマンがやって来た。

「一千万円はどこに置いてあったんです？」

と、私は訊いた。

「それは——寝室のクローゼットだ」

「クローゼット？　ずいぶん無用心ですな。普通、金庫にでも入れませんか」

「まさか武内が盗むとは思ってなくてね」

「クローゼットを拝見。——しかし、指紋の採取を断ったとか？」

「むだだ。清掃の業者が入ってるからな」

寝室へ入ると、私はクローゼットの扉を開けた。

「そこの戸棚に入れておいた」

と、中林が言った。「武内がどうして知ったのか分らんが、何しろ前科のある男だと知らなかったからな」

「雇うとき、身許《みもと》を調べたのでは？」

「私は忙しいんだ。いちいちそんなことまで係っちゃおれない。それより、あんたは奴のことを知ってて黙ってたんだ。責任を感じないのか」

と、中林は言い出した。

要するに、その言い分をTVに流したいのだ。

しかし、私が反論する前に、夕子が言った。

「その前に、確かめるべきじゃないですか」

「何のことだ？」

「そこに本当に一千万円があったのかどうか、です」

中林はムッとしたように、

「君は俺が嘘をついてると言うのか」

と、夕子をにらんだ。

すると――。

「ご心配かけて」

と言いながら、寝室へ入って来たのは、中林の妻の恵子だった。

「恵子。お前いつ戻ったんだ？」

と、中林が目を丸くしている。

「ついさっきです」

と、恵子は言った。

傷を負った額に大きなキズテープが貼ってあった。

「奥さん」

と、私は言った。「ご主人が、このクローゼットにあった一千万円が盗まれたとおっしゃってるんですが。あなたもここに現金があったのをご存じですか？」

「まあ、一千万円ですか」

と、恵子は目をパチクリさせた。

「そうだ。お前も憶《おぼ》えてるだろう。俺がそこへしまったのを」

中林の押し付けがましい言い方で、恵子に同意しろと迫っていることが分った。

しかし――恵子はちょっとポカンとしていたが、

「そんなお金があったら嬉しいでしょうね」

と言ったのである。

「恵子、お前何を言ってるんだ！　俺の絵は何千万で売れるんだぞ。一千万くらい持っても当り前だ」

「あなた……」

恵子は淡々と、「うちの家計が大変なことあなただって知ってるでしょ？　何かというと女にお金を注ぎ込んで、しかも、頼まれて株やら怪しげな投資にお金を出しては大損するから、うちにはほとんど現金なんかありません」

と言った。

中林は顔を真赤にして、

「何を言い出すんだ！」

と怒鳴った。

「だって本当のことですもの」

と、恵子は言った。「一千万円なんてお金、うちにはもともとありませんでした」

ＴＶのリポーターが困ったように中林を見ている。

「さっさと引き上げるんだな」

と、私は言った。「一千万円の話は、中林画伯の夢でした、とニュースに流してくれ」

ＴＶ局が帰ってしまうと、

「中林さん、何もしていない武内を泥棒に仕立てようとはひどいじゃありませんか」

と、私は言った。

「帰ってくれ！」

と、中林は苛々《いらいら》として言った。

「その前に、私に謝って下さいな」

と、恵子が言った。

「何だと？　どうして俺がお前に謝るんだ？」

「夫婦の寝室に何人も女の子を連れ込んだことを、です。私は黙っていたけど、あなたへの貸しのつもりで、撮影しておいたの」

「何だと？」

「見せてあげましょうか。なかなかよく撮れてるわよ、今どきのビデオカメラは」

「お前……。俺に恥をかかせるのか」

「間違えないで」

と、恵子は別人のようにきっぱりと、「妻の私に恥をかかせたのはあなたです」

「――お騒がせして」

と、声がして、入って来たのは、岩下尚子と、リオの二人だった。

「尚子……」

「私も中林先生の被害者になるところでした」

と、尚子は言った。「東淳子さんと全く同じ。『タダで教えてあげる』と言われたんです。でも、中林さんが何人も生徒さんたちをここへ連れて来てるのを知っていたから、困ってました。拒んだら、ここの仕事を失うかもしれない」

「で、リオさんに相談したんでしょ」

と、夕子が言った。「最初、ホテルのバーで会ったとき、分りましたよ。リオさんは尚子さんのことが好きだったのね」

「まあ、よくご存じで」

「あのとき、リオさんは尚子さんのそばを通りかかっただけで、声をかけて来た。普段、制服でしか見ていない人を、私服ですぐ見分けたのは、もともとあそこで会うことにしていたからですよね」

「可哀そうに、東淳子さんは思い詰められていたんです。中林さんを拒めば、絵の勉強もできなくなると思って」

と、尚子が言った。「外国人相手のクラブで拳銃を買うと、淳子さんはここの部屋で自殺しようとした。恵子さんがそれを止めて、自分が撃って軽いけがをさせるから、夫のしていることを世間に知らせてとおっしゃったんです」

「奥さんが告発しても、どこも記事にしてくれなかったでしょうからね」

と、夕子は言った。「被害を受けた当人の切実な声を届ける必要があったんです」

中林は、みんなをにらみつけていたが、

「俺は大物なんだ！　後悔させてやる！」

と言うと、寝室から出て行ってしまった。

「――何もできるもんですか」

と、恵子が冷ややかに言った。「気の小さい人なの。血を見ただけで貧血起すの、見たでしょう？」

「あれは本当の貧血だったんですね」

と、夕子が笑って言った。

「何とか、東さんも岩下さんも絵の勉強を続けて下さいね」

と、恵子が言った。「できるだけお力になりますわ」

「私も」

と、リオがニッコリ笑って言った。

すると、

「お前ら！　俺を馬鹿にしやがって！」

と、中林がゴルフのクラブを手に戻って来ると、恵子の方へ殴りかかろうとした。

尚子が素早く中林の前に身をかがめて入ると、

「ヤッ！」

と、ひと声、中林を背負い投げで床に叩きつけた。

中林が「ウーン……」と唸《うな》って気絶してしまう。

「――凄い！」

と、尚子は自分でびっくりして、「こんなに技が決められたの、初めて！」

「おみごと」

と、恵子は言った。

「救急車、呼びます？」

と、リオが言った。

「そんな必要ありません」

と、恵子はアッサリと、「濡れタオルでも顔に落としてやれば気が付きますよ」

私たちは〈801〉から引き上げることにした。

玄関を出るとき、奥の方から、

「ワーッ!」

という中林の叫び声が聞こえて来た。

「——そういえば」

と、尚子がエレベーターのボタンを押しながら言った。「うちの警備会社で人を募集してるんです。武内さん、やらないですかね、ガードマン?」

「中林の所の仕事は失《な》くなったしな。ぜひ雇ってもらってくれ。僕が保証人になる」

と、私は言った。

「宇野さんはいい刑事さんですね」

と、リオが言った。「私、男の人が好きだったら、宇野さんに惚れてるわ、きっと」

「女性が好きで助かったわ」

と、夕子は言って、私の腕を取った。「リオさんと比べられたら、勝てないもの。ねえ?」

私はあえて返事をしなかった。

エレベーターはゆっくりと下りて行った……。

初出誌　「オール讀物」

隣の芝生が枯れたとき　二〇二〇年八月号
失われたハネムーン　二〇二〇年十一月号
死を運ぶサンタクロース　二〇二一年二月号
他人の空似の顔と顔　二〇二一年五月号
女ともだち　二〇二一年八月号
幽霊認証局　二〇二一年十一月号
タダより怖いものはない　二〇二二年二月号

赤川次郎（あかがわ・じろう）

一九四八年二月二十九日、福岡県生まれ。桐朋高等学校卒業。一九七六年、「幽霊列車」で第十五回オール讀物推理小説新人賞を受賞、以来ベストセラー作家として活躍。「幽霊」シリーズの他に、「三毛猫ホームズ」、「三姉妹探偵団」など、数々の人気シリーズがあり、著作は六百冊を超える。二〇〇五年に第九回日本ミステリー文学大賞、二〇一六年に『東京零年』で第五十回吉川英治文学賞を受賞。

幽霊認証局《ゆうれいにんしょうきょく》

二〇二二年六月十日　第一刷発行

著者　赤川《あかがわ》次郎《じろう》

発行者　大川繁樹

発行所　株式会社 文藝春秋

〒一〇二―八〇〇八

東京都千代田区紀尾井町三―二三

電話　〇三―三二六五―一二一一

印刷所　凸版印刷

製本所　加藤製本

DTP組版　LUSH

万一、落丁・乱丁の場合は送料小社負担でお取替えいたします。小社製作部宛お送り下さい。定価はカバーに表示してあります。

Printed in Japan　ISBN978-4-16-391549-4